Florence Ehnuel

Das schöne Geschlecht der Männer

Florence Ehnuel

Das schöne Geschlecht der Männer

Eine Liebeserklärung

Aus dem Französischen
von Gaby Wurster

Goldmann Verlag

Die französische Originalausgabe erschien 2008
unter dem Titel »Le beau sexe des hommes« bei Éditions du Seuil

Das im Text enthaltene Zitat stammt aus:
Hannah Arendt, Vita activa oder Vom tätigen Leben.
Ungekürzte Taschenbuchausgabe, München, Piper Verlag, 1981,
zitiert nach der Neuausgabe 2008.

FSC
Mixed Sources
Product group from well-managed
forests and other controlled sources

Cert no. SA-COC-001819
www.fsc.org
© 1996 Forest Stewardship Council

Verlagsgruppe Random House FSC-DEU-0100
Das FSC-zertifizierte Papier *EOS* für dieses Buch
liefert Salzer, St. Pölten.

1. Auflage

Satz: Uhl + Massopust, Aalen
Druck und Bindung: CPI Moravia, Pohorelice
Printed in the Czech Republic
ISBN 978-3-442-31195-8

www.goldmann-verlag.de

Für meinen zärtlichen M., für sein Feuer.
Pardon, pardon wegen der Tränen …

Sehr lange Zeit habe ich mich gefragt, warum ich die Männer liebte – denn nur der weibliche Körper schien mir in seiner Schönheit bewundernswert. Die weibliche Schönheit war augenfällig, sie erschloss sich ganz von selbst. Zwar wurde ich deswegen nicht homosexuell, aber dass ich mich zu Männern hingezogen fühlte, erlebte ich gewissermaßen als absurdes Rätsel. An manchen Männern faszinierten mich Gesicht, Ausstrahlung, was sie sagten oder welche Komplimente sie mir machten. Doch mein Vorurteil konnte keiner erschüttern: Ich blieb davon überzeugt, dass tatsächlich nur das Verlangen nach dem weiblichen Körper gerechtfertigt sei.

Mit fünfunddreißig Jahren setzten nun aber meine Lebensumstände eine neue Lust auf erotische Begegnungen und auf die Sexualität frei. Bald stellte ich fest, dass es mir entschieden großen Spaß machte, den männlichen Körper bewusst anzusehen. Es bot sich mir ein hinreißendes Schauspiel, dessen ich nie müde wurde und dessen sorgfältige Pflege mir ein ernstes Anliegen ist. Dieser Anblick ist für mich zu einem Lebensglück geworden.

Gute Nachrichten für die kommenden Jahre als reife Frau: eine Vielzahl charmanter, begehrenswerter Männer umgibt mich. Sie anzusehen verzaubert mich! Sie ganz genau zu betrachten bezaubert mich! Mir eröffnet sich ein Reigen neuer Freuden, die ich auskosten möchte.

Von diesem Entzücken, von der Verspätung, mit der sich dieses Gefühl nach und nach bei mir eingestellt hat, und von seiner Berechtigung möchte ich in diesem Buch erzählen.

Unnahbare Jungen, furchterregende Männer

Als kleines Mädchen stehe ich jeden Abend nackt in der Badewanne. Meine Mutter seift mich ein, und jeden Abend kommt der unangenehme Moment, da sie mir mit dem Waschlappen, der trotz des Schaums ein wenig rau ist, den Schoß und den Hintern waschen muss. Mit einer Miene, die ihre Verlegenheit und ihren Widerwillen kaum verhehlt, und mit angespannter Stimme, in der ein stummer Vorwurf mitschwingt, erteilt sie mir immer denselben Befehl, der mir noch heute die Luft abschnürt: »Spreizen!«

Was spreizen? Sie benennt das Geschlechtsorgan mit keinem Wort, kein umgangssprachliches, keine Verniedlichung. Sie lässt diesen großen weißen Fleck unausgefüllt. Allein schon, dass sie von mir verlangen muss, die Beine zu spreizen, empfindet sie als Zumutung.

Es wäre ihr weitaus lieber, wenn sie mit diesem Teil meines Körpers nichts zu tun hätte, auch nicht mit den anderen Teilen, aus denen er sich zusammensetzt. Ich selbst begreife davon nichts bewusst, aber meine Haut, meine Muskeln, meine Knochen verstehen alles: Mit meiner Körperlichkeit erlege ich meiner Mutter eine schwere Bürde auf, umso mehr als diese Körperlichkeit auch noch ein Geschlecht hat. Wie widert es einen doch an, Mutter zu sein, wenn man die eigene Tochter zwischen den Beinen waschen muss! Es tut mir leid, dass ich ihr diese Mühe bereite. Es beschämt mich wirklich. Ich habe mich eines Erbfehlers schuldig gemacht. Wortlos verspreche ich, mein Möglichstes zu tun, um Stillschweigen über mein Geschlecht und meinen Körper zu wahren.

Mit fünf Jahren kommt mir ganz spontan eine Idee, wie ich dieses heikle Kapitel in Sachen Hygiene abschließen könnte. Ungezwungen und selbstlos schlage ich eines Abends meiner Mutter, die in der Küche beschäftigt ist, vor, mich ohne ihre Hilfe zu baden und zu waschen. Ich mache ihr klar, dass sie sich nun nicht mehr bemühen muss. Ihre Reaktion zeugt von immenser Freude: Das komme ihr äußerst gelegen, denn so könne sie das Abendessen schneller kochen. Ich sei ja jetzt ein großes Mädchen, fügt sie hinzu, und so lieb! Genau wie meine Mutter fühle auch ich mich unglaublich befreit. Wie so oft verschweigen wir auch hier unsere wahren Empfindungen und halten uns an Äußerlichkeiten, an Konventionen. Ich glaube nicht, dass meine Mutter den Grund für ihre Zufriedenheit begreift; ich hingegen lasse mich durch nichts täuschen, auch wenn ich das noch nicht ausdrücklich weiß.

Ich bin zutiefst erleichtert: Nun muss ich mich nicht mehr ihrem schlecht verhohlenen Ekel aussetzen. Doch eine Prägung bleibt unauslöschlich: Mein Körper und meine Geschlechtsorgane haben auch weiterhin nicht das Recht, benannt zu werden. Sie haben keine Seinsberechtigung.

Der Körper – das, was man vom Sagen, vom Sehen, vom Sein ausschließen muss.

In der Körpermitte verdichtet sich dieses Gebot im Geschlecht als zentralem Punkt.

Wo Leben, Freude, Persönlichkeit und Schönheit entspringen könnten, dort müssen Schweigen, Verbot und Scham regieren.

So steht es um mein Geschlecht – vom Geschlecht der Jungen gar nicht zu reden! Dessen Nichtvorhandensein ist noch viel ausgeprägter. Wo mein Geschlecht null wäre, wäre das der Jungen negativ. Mein Geschlecht ist eine Leerstelle – das der Jungen ein schwarzes Loch. Antimaterie.

Als Kind habe ich keine Gelegenheit, einen männlichen Körper zu sehen. Mein Bruder ist acht Jahre älter als ich und physisch immer außer Reichweite; ich glaube, wir berühren uns gar nie. Außerdem wird bei jedem Umzug streng darauf geachtet, dass es in der Wohnung neben dem Badezimmer noch ein separates kleines Duschbad gibt, das dem einzigen Sohn in der Familie vorbehalten ist. Es dauert Jahre, bis ich verstehe, warum, denn es wird nicht erklärt. Erst die Mutter eines anderen Kindes gibt mir eines Tages ganz zufällig den Hinweis für den Grund dieser Raumaufteilung. Bei einem Gespräch über unsere Wohnung sagt sie mit einem leisen Lächeln: »Na klar, das eigene Duschbad ist natürlich für den Jungen.« Gemischtgeschlechtliche Körperpflege lerne ich also nie kennen. Mir erscheint es mehr als normal, dass ich meinen Bruder niemals nackt sehe, übrigens genauso wenig wie alle anderen Mitglieder meiner Familie: meine Mutter, meine Schwester und schon gar nicht meinen Vater – der sowieso nicht bei uns lebt. Meine Eltern haben sich getrennt, als ich drei war. Ich glaube, ich habe nichts verdrängt, wenn ich heute sage, dass ich mich nicht erinnern kann, bei irgendeiner Gelegenheit je einen nackten Jungen gesehen zu haben. In der Vorschule müssen die Toiletten wohl gemischt gewesen sein, aber ich entsinne mich nicht, dass ich diesem

Umstand Aufmerksamkeit geschenkt hätte. Und natürlich hätte ich mir einen wie auch immer gearteten Anblick nicht gemerkt, denn das, worüber man nicht spricht, existiert nicht.

Einmal haben ein Nachbarsmädchen, ihr nicht viel älterer Bruder und ich uns in deren Toilette eingeschlossen und in aller Ruhe Karten gespielt. Was auch immer die Eltern und die älteren Geschwister meiner Spielkameraden ohne zu zögern und in heller Aufregung vermuteten – ich jedenfalls habe keine Erinnerung an heruntergelassene Unterhosen, und ich glaube, dass wir unsere Partie vollauf angekleidet gespielt haben. Ich erinnere mich auch nicht, dass ich jemals mit anderen Kindern nackt am Strand war. Was nichts anderes heißt, als dass es bis zu den ersten Liebesspielen in meinem Universum offenbar keine Nacktheit gibt, ganz zu schweigen von männlicher Nacktheit. Die Körper sind immer bedeckt, verhüllt, man kann sie nicht sehen. Dieser Umstand ruft ein Verlangen hervor, das ich wohl als intensiv, aber als tief vergraben wahrnehme. Einen Körper sehen, ihn ausdrücklich ansehen. Einen Körper in seiner Gänze sehen. Dieses Verlangen muss Lichtjahre von meinem bewussten Denken entfernt sein, aber ich spüre, dass dort, ganz weit oben an meinem Himmel, ein Stern leuchten, dass er mit aller Kraft strahlen muss. Sicher bin ich mir dessen nicht mehr, vielleicht bilde ich es mir auch nur ein. Dennoch ahne ich es.

Im Innersten der Vorstellung, die ich von meinem Körper habe, ruht irgendwo so etwas wie die Fantasie vom idealen Leib, der wie von Prokrustes gestaltet ist: ein Körper, vom dem nichts absteht und in den sich nichts hineinstülpt, ein Körper ohne äußere Unebenheiten und ohne innere Hohlräume. Er wäre völlig homogen, also von keinerlei Flüssigkeiten durchspült oder zu Absonderungen fähig, und er hätte keinerlei Öffnungen, wozu auch. Dieses Bild des Körpers als einen massiven Block spukt oder spukte lange Zeit irgendwo in meiner Fantasie umher – wo, kann ich nicht genau lokalisieren. Es verhielt sich wie ein Geist, der durch ein Schloss schwebt, sich aber in keinem bestimmten Raum niederlässt.

Folglich erschien mir das männliche Geschlecht lange wie ein scheußlicher Fortsatz – schlaff, plump, unschön –, und dies gleich zweifach, denn der Penis hängt direkt über dem Skrotum. Nicht nur, dass es hervorsteht – es verdoppelt sich auch noch selbst! Zudem ist es durch diese etwas wabbeligen, ungleichen Testikel nicht deutlich begrenzt. Außerdem hängt es, was beweist, dass es keinen Halt hat. So herunterzuhängen ist hässlich und, noch schlimmer, doof. Oder es steht ab, und dann sieht es entweder komisch, angeberisch oder brutal aus. Hätte ich über dieses Organ etwas zu sagen gehabt, mir wäre nur Hohn und Spott eingefallen, wie etwa das Bild von einem lächerlichen, jämmerlichen Haken. Unter ästhetischen und moralischen Gesichtspunkten war das männliche Geschlechtsorgan an sich schon vulgär, und nach den stillschweigend geltenden Regeln, die man mir beigebracht hatte, galt das als das schlimmste Vergehen überhaupt. Wie konnte man es wagen, so ein Ding mit sich herumzutragen? Wie konnte man es auch nur wagen, es sich unter der Hose abzeichnen zu lassen? Eine einfache Wölbung über dem Schambein fand ich genauso unschicklich. Ich konnte nicht verstehen, wie *es* sich so eine deutliche Sichtbarkeit erlauben konnte. Seinem Wesen nach war es exhibitionistisch. Indiskret von Natur aus. Obszön. Nicht zu verbergen.

Meiner Erinnerung nach habe ich mir mit ungefähr fünf Jahren einen persönlichen Mythos zurechtgelegt, der mir erklärte, wie die Menschen auf die Welt kamen. Der liebe Gott, eine Art Bäcker, hat sie mit Mehl, Wasser und anderen Zutaten geknetet. An das genaue Rezept erinnere ich mich nicht mehr, doch meinen Freundinnen schilderte ich das Prozedere und die Zutaten in allen Einzelheiten, sobald sie sich auf dem Pausenhof neben mich auf die Bank setzten. Ich fand diese Herstellung von Menschen spannend, vor allem weil mir meine Schulkameradinnen zuerst mit großen Augen und dann mit überzeugtem Blick zuhörten. Diese originelle Geschichte sagte mir sehr zu, denn die kleinen Menschen, die auf diese Weise zustande kamen, waren alle aus einem Guss und hatten ganz schlichte Konturen.

Dann verschwand dieser Mythos wieder aus meinen Gedanken, bis mir meine Mutter eines Tages, ich war acht, ein Aufklärungsbuch in die Hand drückte – wieder ohne ein Wort (vielleicht sagte sie: »Hier!«, oder: »Lies das!«, aber das ist eher unwahrscheinlich) und mit derselben unterdrückten Anspannung wie damals, als sie sich um meine Körperpflege kümmern musste. Ich erinnere mich, dass ich allein in meinem Zimmer darin herumblätterte, ohne etwas zu begreifen und auch ohne jede Lust, es Absatz für Absatz durchzugehen, und dass ich dabei in gewisser Weise aus mir selbst heraustrat, um die Bestürzung nicht zu spüren, die mich beim Anblick dieser Bilder überkam. Dennoch bat ich später meine Schwester, die neun Jahre älter ist als ich, mir das Buch zu erklären. Sie schloss ihre Zimmertür ab und versah die Bilder mit Worten und Kommentaren: »Also, das macht man so. Siehst du? So geht das.« Mit ihr zusammen war es mir möglich, das Buch zu lesen. Aus diesen trostlosen Weiten, dieser Wüste an Gefühlen und Sprachlosigkeit, die unser gemeinsames Schicksal bildete, hat meine Schwester mich gerettet. Sexualität muss von einer erfahrenen an eine weniger erfahrene Person vermittelt werden. Kein Buch kann je die lebhaften und hinweisenden Worte eines Menschen zu diesem Thema ersetzen.

Aus dem ganzen Buch erinnere ich mich nur noch an die Abbildung eines nackten Mannes, der auf einer nackten Frau mit gerade ausgestreckten Beinen lag. Man sah das – mittels welcher Querschnitt-Technik auch immer – in die Vagina eingeführte Geschlecht des Mannes. Ich fiel aus allen Wolken, als ich erfuhr, was dieser Vorgang bedeutete, denn er passte zu meinen bisherigen Vorstellungen in etwa so gut wie ein Haar, das in der Suppe schwimmt. Ich prägte mir dieses Bild ein, aber eher als Antwort auf eine Frage, die ich mir nicht gestellt hatte, eher als eine Erkenntnis, die sich über eine andere schob, ohne ihren Platz in einem Rahmen zu finden, der sie hätte aufnehmen können. Trotz der Abbildung des Liebesaktes, trotz der ziemlich deutlichen Erinnerung, die ich daran habe, und trotz des unwiderruflichen Charakters dieser Information, die sich mir an jenem Tag eingeprägt hatte, meine ich, das Ganze nur verschwommen wahrgenommen zu haben. Vielleicht wusste ich nicht, was ich mit diesem Geheimnis anfangen sollte, um dessen Enthüllung ich selbst nicht gebeten hatte. Vielleicht wusste ich einfach nicht, welche Haltung ich gegenüber diesem reglos aufeinanderliegenden Paar einnehmen sollte. Die Sache blieb unklar. Und besonders die Form des männlichen Geschlechtsteils war für mich vollkommen unerwartet.

Die Umstände der eingehenden Entdeckung des männlichen Geschlechts waren in etwa so beschaffen, wie wenn man besagtes Haar in der Suppe findet.

Dann, mit zwölf Jahren, bot sich mir die Gelegenheit, einen Penis zwischen meinen Schenkeln zu spüren. Ich war mit drei Freunden eine Woche lang zum Camping in den Vogesen gewesen; in einen der Jungen, den vierzehnjährigen Joseph, war ich verliebt, und er sagte, auch er sei in mich verliebt. Nach der Rückkehr von unserer Fahrt verbrachten wir eine Nacht allein im Haus seiner Eltern, die verreist waren. Wir lagen zusammen in einem Bett, streichelten uns gegenseitig und genossen die Wärme unserer eng umschlungenen Körper. Joseph wollte in mich eindringen, doch das ging nicht, weil es mir wehtat; ich war sicherlich weder offen noch feucht – ich war ja noch nicht mal in der Pubertät. Das ist meine heutige Erinnerung daran, aber damals wusste ich überhaupt nicht, welche Tiefe und welchen Punkt wir dabei zusammen erreicht hatten. Ich spürte lediglich einen harten Penis, der sich in meinen Schoß bohren wollte, der versuchte, dessen Widerstand zu brechen, und ich wusste nicht, ob er sein Ziel erreicht hatte oder nicht. Danach habe ich nichts mehr von Joseph gehört – bestimmt hatte er Schuldgefühle. Ich glaube, wir haben uns nie mehr wiedergesehen, jedenfalls haben wir uns nie wieder berührt.

In der großen Einsamkeit, die auf diese Erfahrung folgte, dachte ich immer wieder mit brennender Sehnsucht an diese so unverhoffte Nacht, an die Liebkosungen und an die nie gekannte und durch nichts zu ersetzende Lust, die ich dabei verspürt hatte. Auch verlor ich mich in Mutmaßungen darüber, ob ich nun entjungfert war oder nicht und ob ich aus dieser ersten sexuellen Beziehung schließen müsste, dass die Liebe auf der Haut wunderbar ist, aber schmerzhaft im Schoß, zumindest bei einem jungen Mädchen. Die Frage, die mich dabei am meisten beschäftigte, war, ob der Schmerz daher rührte, dass ich die Beine nicht gespreizt hatte. Muss das Mädchen die Beine spreizen beziehungsweise anheben, wenn sich der Junge auf sie legt? Diese Unklarheit krampfte mir in den vielen Stunden, die ich damit zubrachte, diese außergewöhnliche Nacht in meiner Erinnerung noch einmal zu durchleben, mit einem stechenden Schmerz den Magen zusammen. Wie gern hätte ich einem erwachsenen Menschen diese Frage gestellt, und wie gerne hätte ich jemandem das Glück geschildert, das ich empfunden hatte, nur um es noch einmal aufleben zu lassen! Doch ich wusste nicht, an wen ich mich wenden könnte. (Am Ende vertraute ich mich meiner Schwester an, aber es brachte mir nicht die erhoffte Erleichterung und Klarheit. Diese Nacht war für immer und auf ewig vorbei. Doch bezüglich der Frage nach der Schmerzhaftigkeit der Sache hat mich meine Schwester beruhigt und gesagt, sie sei, ganz im Gegenteil, »sehr angenehm«.) In den wenigen und sichtlich wenig gelesenen Büchern über Liebe und Sexualität, die im Flur im Regal standen – als Ersatz für das vollständige Schweigen, das bei uns über dieses Thema herrschte –, suchte ich einen Hinweis darauf, welche Stellung die Frau beim Sex einnehmen sollte. Ich ging hauptsächlich das Aufklärungsbuch für Erwachsene durch, das meine Mutter meinem Bruder und meiner Schwester gegeben hatte, als sie auch mir aus der gleichen Buchreihe den meinem Alter angemessenen Band gekauft hatte. Aber ich konnte keine Informationen darüber finden, wie die Beinstellung zu sein hatte. In dieser Frage manifestierte sich meine ganze Lust, es noch einmal zu tun; in ihr versammelten sich meine Gedanken, die mich seit dieser Nacht der Offenbarung beschäftigten – der Offenbarung einer neuen Welt mit meinem nackten Körper neben dem Körper eines Jungen. Einem Körper, der so ganz anders gebaut war, damit er sich in mich hineinschieben und in mir Sinnenfreuden wecken konnte, die sehr viel intensiver waren als alles, was ich bis dahin gekannt hatte. Monatelang hatte ich nur diese aufreibenden Gedanken im Kopf. Dann traten sie vor anderen, alltäglicheren Fragen, vor schulischen und intellektuellen Themen zurück.

Während der Stunden in Josephs Armen hatte ich von seinem Geschlechtsteil nur sehr wirre und unzusammenhängende Eindrücke bekommen. Und das, obwohl wir am Morgen vor der Nacht gemeinsam ein Bad genommen hatten – mein Gott, wie freizügig und ungewöhnlich mir das vorgekommen war! Ich hatte mir keine klare Vorstellung von seinem erigierten Glied gebildet und mich letztlich darauf beschränkt, an einem Punkt zwischen meinen Beinen, den er ausgewählt hatte, einen harten Korpus zu spüren, der beharrlich in mich einzudringen versuchte. Sicher ist, dass ich mich nicht erinnere, Joseph ganz betrachtet oder ihn anders gestreichelt zu haben als mit geschlossenen Augen und dabei auch nur an den Stellen, die meine Hände leicht erreichen konnten – Rücken, Schultern, Nacken, Haare. Sein Glied habe ich jedenfalls nicht angesehen; ich glaube, ich hatte gar nicht das Verlangen und kam auch nicht auf die Idee. Ganz sicher hatte ich schon genug mit dem plötzlichen Auftauchen von etwas vollkommen Neuem in meinem Dasein zu tun: Liebkosungen am und mit dem ganzen Körper, Haut an Haut, gemeinsame Wärme, Münder, die sich berührten, Zungen und Lippen, die miteinander spielten. Eine visuelle Erinnerung habe ich daran nicht, aber eine Flut an unglaublich erfüllenden taktilen Empfindungen. Ich fühle so sehr mit der Jugendlichen von damals, die so verzweifelt war, weil sie diese Gefühle und diese Lust nicht noch einmal erleben konnte, und die so unsicher in Bezug auf das war, was sie wirklich erlebt hatte. Sie hätte es zumindest gern gewusst, verstanden, benannt und … dann natürlich auch wieder getan!

Nach Joseph haben sich zum Glück andere Liebhaber an meine Haut geschmiegt, später habe ich sogar mit einem Ehemann über zehn Jahre das Bett geteilt. Ich habe daraus Sinnenlust gezogen, über die ich mich noch immer freue und der ich immer den Vorzug gab, wenn sie sich anbot. Dennoch, der Bereich des männlichen Körpers, den ich kennengelernt und mit dem ich normalerweise Umgang hatte, blieb auf einige Sinneswahrnehmungen beschränkt. Ich bin niemals in den Geruch des

Mannes eingetaucht, der mir Lust bereiten wollte, und ich habe auch keine vollständige und detaillierte Betrachtung seines Körpers unternommen. Ich blieb in gewisser Weise immer an der Oberfläche, ich begab mich nicht mit allen Sinnen in die ganze Welt seines Körpers. Die wahre Faszination, die vollständige Faszination sollte erst noch kommen. Ich sage nicht, dass ich in all den Jahren mit den wenigen Männern, die gern mit mir geschlafen haben, nur wenig Lust verspürt habe. Ich sage nicht, dass ich nicht die Beschaffenheit ihrer Haut wahrgenommen oder den Geschmack ihres Glieds gekostet habe, das würde ich nie behaupten. Ich sage, dass sie für mich keine ganzen Welten waren. Ich sage, dass sie für mich keine Herrlichkeiten waren. Ich sage, dass mich die Männerkörper nicht so berührt haben wie andere, neue Geschenke des Lebens. Ich sage, dass meine Sinne zu begrenzt waren, um sie kennenzulernen. Ich sage, dass ich noch nicht wirklich von der Begeisterung gepackt worden war. Ich sage, dass es mich noch nicht »umgehauen« hat, einen Mann zu sehen. Nicht dass es mir »gleichgültig« gewesen wäre, aber ich war ein bisschen etepetete und wich vor der vollständigen Erfahrung des Körperlichen zurück.

Ich habe Fragmente berührt, Formen, Linien, aber ich habe nie etwas in seiner Totalität bewundert. Ich habe den Mann, dessen Männlichkeit ich genoss, mit nur wenigen Blicken gestreift – die Totalität aber ergibt sich aus der Sichtweise. Dennoch nahm ich seinen Körper in einer unbestimmten Gesamtheit wahr, mit Details hielt ich mich kaum auf. Am männlichen Glied mochte ich vor allem den Umfang, den Zusammenhang mit dem Rest des Körpers, die mehr oder weniger unmittelbare Umgebung. Ich stürzte mich nicht mit Leidenschaft in seine Erkundung, ich gab mich keinen Gefühlen und keinen Gedanken hin, die seine Beschaffenheit oder auch die Vorstellung davon hervorriefen. Ich würde sagen, ich profitierte davon, wenn es steif wurde, aber ich war davon nicht so vollkommen begeistert, wie ich es heute bin. Ich empfand noch nicht dieses Erstaunen, diese Bewunderung wie heute, auch wenn ich diesem Glied natürlich verbunden war und es mochte, besonders wegen der Lust, die es mir bereitete. Aber ich sah darin keine Apotheose des Gesamten, den Gipfel der Bergkette, ihren höchsten Punkt; für mich war es ein sehr nützliches und wirkungsvolles Instrument, aber kein wahrer Gegenstand der Kontemplation und Meditation. Ich schenkte ihm keine anhaltende Aufmerksamkeit. Gegenüber dem Mann, der sich mir zeigen wollte, gegenüber allen Männern, mit denen ich zusammen war, verspürte ich keine große Lust, sie zu betrachten, oder anders gesagt, ich verstand es nicht, mich an Männern satt zu sehen und satt zu essen. Vielleicht weil ich mich, ganz spontan und geprägt von gesellschaftlichen Konventionen, immer nur auf je einen Partner konzentrierte und es mir verbat, mich der Betrachtung von Passanten oder Zufallsbekanntschaften hinzugeben, der Bewunderung all jener, die einen umgeben und an deren Präsenz man für einige Minuten oder Stunden teilhaben kann. Ich begab mich nicht in ihre Kreise, ich genoss ihre Nähe nicht. Ich fühlte mich sicherer, wenn ich nur mit einem einzigen und einmaligen Exemplar ihres Geschlechts Umgang hatte, das für mich stellvertretend die Vielzahl ersetzte.

Ohne es mir selbst richtig einzugestehen, fand ich als Jugendliche und auch noch als junge Frau den gesamten männlichen Körper schwer zugänglich, ohne viel Liebreiz und Finesse. Ich mochte all diese Haare nicht, die ihn meist bedeckten, und träumte nur von unbehaarten Männern, die man im Film oder in der Werbung sieht und auf die man im wirklichen Leben nur mit äußerst geringer Wahrscheinlichkeit trifft (wenn man nur ganz bestimmte Körper mag, kaschiert man damit, dass man Körper eigentlich gar nicht mag). Umfang und Wölbung der Muskeln hätten diesen Eindruck der Unzugänglichkeit und Gleichförmigkeit relativieren können, aber ich wagte es einfach nicht, sie anzusehen, überzeugt davon, es sei gewöhnlich, vulgär und konventionell, die Muskeln der Männer zu mögen – meinem Intellekt unwürdig. Der Eindruck des männlichen Leibs als einem ungefälligen Körper klebte mir lange auf der Haut oder im Kopf, und ich trug ihn noch als Erwachsene in mir.

Ich sagte schon, dass ich das Glied eines Liebhabers nicht offen ansah. Es machte mir Angst, seinen Schwanz eingehend zu betrachten. Ich traute mich nicht, meine Augen dort ruhen zu lassen. Ich denke, im Grunde fand ich nicht den Penis als solchen vulgär, sondern mein Verlangen, mich mit ihm zu beschäftigen. Um ihn und nur ihn anzusehen, ihn ganz genau und mit allem Respekt anzusehen, der ihm gebührt, um ihn wirklich kennenzulernen, mit Augen und Fingern, mit Lippen und Zunge zu erkunden, um ihn dann besser in der Vagina oder im Rektum zu spüren – dazu musste ich mich vor allem von den Schuldgefühlen befreien, die diese Lust darauf in mir weckten. Mich machte dieses Körperteil nur deshalb so nervös, weil ich genau diese Lust, es mir vertraut zu machen, bedrohlich fand – sie degradierte mich in meinen eigenen Augen zur indiskreten, obszönen, »perversen« Voyeurin.

Es war ungehörig, unschön, taktlos, das Glied eines

Mannes offen zu betrachten, und ich glaube, dieses Gebot, von dem ich nicht weiß, woher es kommt, war umso dringlicher, als man es mir nie eindeutig auferlegt und ich es verinnerlicht hatte, ohne zu wissen, welchen Ursprungs es war. Absichtlich zu schauen war so tollkühn wie auch einfach. Wenn im Geschichtsunterricht Dias von griechischen Statuen gezeigt wurden, oder auch wenn ich ganz allein mit einem Liebhaber war, musste man mich nur ansehen, um zu wissen, dass ich meinen Blick streng unter Kontrolle hatte und niemals hinstarrte. Verbote dringen unaufhaltsam in die engsten Zwischenräume unseres Intimlebens. Ich drückte einen nackten Mann an mich, liebkoste ihn und nahm ihn in meiner Vagina auf, aber ich gestattete mir nicht, mich ganz an ihm zu erfreuen und seinen kostbarsten und schönsten Trumpf kennenzulernen. Ich blieb immer reserviert, prüde, nervös, unsicher. Zumindest zum Teil, und zumindest unterbewusst war meine Lust nicht ganz frei und ungezwungen, sie war noch belastet, gezügelt und voller Hemmungen.

Dennoch sind mir zwei Träume in Erinnerung geblieben, die ich vor über zehn Jahren hatte.

Im ersten – ich glaube, ich war zum Zeitpunkt des Traums dreiundzwanzig – sitze ich mit meiner Schwester an einem Tisch. Ich muss um die sieben Jahre alt sein, meine Schwester entsprechend älter. Ich bin gleichzeitig Darstellerin und Zuschauerin, und ich kann uns beide deutlich sehen. Nur unsere Oberkörper sind über dem schräg stehenden Tisch zu sehen. Die Szene wirkt wie ein Gemälde von Pierre Bonnard – reglose Menschen in einem geschützten Innenraum. Auf dem Tisch steht eine Pastete, geformt wie ein Rugby-Ball; sie ist aufgebläht, mit etwas Festem gefüllt, nicht mit Luft. Dieser Inhalt ist schwarz und eher glänzend, in jedem Fall aber glatt. Es ist eindeutig Gummi wie von einem Fahrradschlauch. Meine Schwester und ich wissen, dass wir diese dicke Pastete in Scheiben schneiden müssen, und in meinem Traum bin ich sicher, dass meine Schwester es besser kann als ich, denn sie ist in dieser Kunst ein bisschen versierter, sie kann besser mit dem Messer umgehen. Dieses Messer ist in der Szene jedoch nicht vorhanden. Wir beide wissen auch irgendwie, dass es sich um eine fette Ratte handelt. Wir sind zwar nicht sonderlich schockiert, aber Ekel liegt in der Luft, und ich glaube, wir haben trotzdem ein wenig Angst – ich sicherlich mehr als meine Schwester. Wir bleiben starr sitzen, wir fangen nicht an zu schneiden. Dennoch wissen wir, dass wir uns bald daranmachen, dass wir tun werden, was wir tun müssen, und dass wir uns nicht davor drücken können.

Den anderen Traum hatte ich einige Jahre später, als

ich etwa achtundzwanzig war; ich wünschte mir damals sehnlich, zum zweiten Mal schwanger zu werden, und fand die Wartezeit zu lange. Ich bin mit meinem Mann in einem Raum, der sehr dem Zimmer ähnelt, in dem mein Bruder viele Jahre mit seiner Freundin gewohnt hat, nachdem er von zu Hause ausgezogen war (mit seiner Freundin hatte er keine Kinder). Das Zimmer lag halb im Souterrain. Mein Mann und ich sind hinten im Raum, wir tragen beide ein Pyjamaoberteil, ich ein rosafarbenes, er ein blaues – ganz eindeutig die Schlafanzüge von Nicolas und Pimprenelle, Figuren in der früheren, sehr bekannten Fernsehsendung *Bonne nuit les petits,* in der der Teddybär Nounours den Kindern jeden Abend eine Gutenachtgeschichte erzählt hat. Eine angsteinflößende Frau mit üppiger Figur – offensichtlich eine Kreuzung aus meiner Mutter und der Tante, bei der ich den Winter über wohnte, während ich noch in der Vorschule war – kommt von der Zimmertür ein paar Stufen herunter und geht auf uns zu. Mein Mann und ich sind vollauf mit einer heiklen Aktion beschäftigt: Wir müssen ganz vorsichtig eine kleine Ratte, die so aussieht, als sei sie tot, mit dem Kopf nach unten in ein ziemlich schmales Glas stecken, dabei halten wir sie am Schwanz. Aber wir haben Angst, dass diese Frau uns ungeschickt und unfähig findet.

Ganz sicher gibt es über die beiden Träume viel zu sagen, die mich in ihren Bann schlugen, sobald ich mich nach dem Aufwachen an ihre Analyse machte. Für mich gab es nie den geringsten Zweifel, dass in beiden Fällen der Penis durch eine Ratte dargestellt war – ein Tier, das mir im Wachzustand Angst macht. Im Traum kann ich meine Abscheu jedoch überwinden, ich muss sie in den Griff bekommen, um mein Ziel zu erreichen. Im ersten Traum ist die Gestalt des Penis massiv, zu einem homogenen Block aufgepumpt und fast glänzend, doch er hat keinerlei Anmut. Er weckt keine Lust, er ist in erster Linie ein Gegenstand, um den man nicht herumkommt, man kann ihn nehmen oder es lassen, aber man muss sich mit ihm auseinandersetzen. Man muss ihn zwar in Scheiben schneiden und wohl auch essen, aber diese Handlungen wecken in mir nicht das Verlangen, ihn zu verkleinern, ihn zurechtzustutzen und dadurch zu zerstören. Ich glaube, viel wichtiger ist es zu verstehen, dass der Gegenstand so groß ist, so schwer hinunterzuschlucken, dass man nicht den Ehrgeiz haben kann, ihn sich auf einmal einzuverleiben. Besser zerlegt man ihn vorher und macht sich dann nach und nach darüber her, Scheibe für Scheibe. Der Traum symbolisiert jedenfalls eine orale Penetration; vielleicht hatte ich damals Angst vor der Fellatio – ich kann mich jedoch nicht daran erinnern; vielleicht stellt der Oralverkehr ja auch am besten jeglichen Akt der Penetration symbolisch dar. Sicher ist jedenfalls, dass ich diese eher abstoßende Masse ohne Geruch und ohne Geschmack in meinen Bauch bekommen muss, und dieses Unterfangen, von dem wir, meine Schwester und ich, glauben, dass wir uns ihm nicht entziehen können, ist nicht erheiternd, sondern eher furchterregend.

Zu meinem zweiten Traum kommt noch eine andere Erinnerung hinzu: Mit elf Jahren, ich war damals in der sechsten Klasse, spreche ich mit meiner Freundin Christelle über den Liebesakt. Sie erzählt mir, was ihre Mutter gesagt hat, und daraus geht hervor, dass man auch im Schlafanzug Liebe machen könne. Ich zeige mich überrascht, denn schließlich habe ich seit der Lektüre des Buches, von dem ich vorhin gesprochen habe, sehr gut begriffen, dass man Liebe macht, indem man die Geschlechtsorgane miteinander verbindet. Am Ende beschließen wir, Christelles Mutter direkt zu fragen, Christelle meint, dass sie die Frage problemlos und offen beantworten würde. Und Christelles Mutter gibt tatsächlich eine klare Antwort. Mit einem Anflug von Verlegenheit erklärt sie, dass man den Pyjama zwar anlassen könne, »nicht aber das Unterteil«. Ich erinnere mich, dass mich diese Antwort sehr erleichtert hat, denn sonst hätte ich mein ganzes

Wissen über dieses Thema wieder auffrischen müssen, und diese Aussicht hatte mich schon im Voraus ermüdet. Dass mein Mann und ich in meinem Traum die Schlafanzugoberteile anhaben, ergibt sich jedenfalls aus dieser Antwort. In diesem Traum sind wir beide eindeutig infantilisiert, denn es gelingt uns nicht, Kinder zu bekommen, was uns wiederum vom Erwachsenenstatus ausschließt. Doch was mich wieder einmal betroffen macht, ist das Symbol für den Penis: das Tier mit dem langen Schwanz, das man mit spitzen Fingern hält, weil es so ekelhaft ist, auf das man aber notwendigerweise zurückgreifen muss. Wir halten es mit der Pinzette hoch wie eine Laborratte, die man freudlos in einen schmalen Glasbehälter stecken muss, und erledigen unsere Aufgabe unter den argwöhnischen Augen einer mächtigen Erwachsenen, die diese Aktion überwacht. All das ist nicht sehr erfreulich und auch nicht sehr appetitlich, jedenfalls möchte man sich das Ding nicht in den Rachen stecken. Was für ein Zufall! Der erste Junge, der mich penetriert hat, hieß Racho; ein kurdischer Vorname. Über meinen ersten Geliebten kann ich jedoch nichts weiter sagen, auch nicht über die Initiation, die ich mit ihm erfahren habe. Er ist durch meine Geschichte hindurchgeglitten, ohne sie zu prägen; er ist zwar in meinen Körper eingedrungen, hat aber meine Fantasie, mein Männerbild nicht weiterentwickelt. Insofern war es also keine »Beziehung«.

Die beiden Träume illustrieren einen unterschwelligen und sehr beständigen Ekel, der lange in irgendeinem mehr oder weniger ausgedehnten Winkel meines Unterbewusstsein geschlummert, mir aber trotzdem nicht den Weg zu Liebesabenteuern blockiert hat. Die Lust, Männer zu treffen, übertraf den Ekel bei weitem, aber diese Beklommenheit, gepaart mit Abscheu, hat mich sicherlich lange Zeit gehemmt. Ich sagte schon, dass mein Vater nicht zu Hause wohnte, als ich klein war – ich sah ihn nur gelegentlich zu kurzen Spaziergängen, die ziemlich oft in schlechter Stimmung verliefen. Mein Bruder erschien mir unnahbar und war mir wenig vertraut; im Grunde hatte ich Angst vor ihm und meistens fürchtete ich mich vor seinen Reaktionen. Nur in Gegenwart meiner Schwester fühlte ich mich wirklich wohl. Ich glaube, alle Männer, denen ich in meiner Kindheit nahe gekommen bin, haben mir Angst und Ekel verursacht. Ein Geliebter meiner Mutter, der ein paar Jahre bei uns ein und aus ging, hat mir dabei auch nicht weitergeholfen. Er war schrecklich behaart, was meine Nervosität noch steigerte, vor allem weil das Bett meiner Mutter manchmal voller Haare war. Außerdem hatte er in jeder Hinsicht etwas Massives, Grobes, das ich, um das Mindeste zu sagen, alles andere als attraktiv fand. Er besaß keinen Charme, kein Feingefühl, keine Sensibilität, er war nicht freundlich, und er war auch nicht besonders höflich. Er war gewissermaßen ein plumpes, voluminöses Wesen, das für meinen Geschmack zu viel Raum im Leben meiner Mutter einnahm. Zudem hieß es, er sei ein »Schwarzfüßler«*; ich wusste damals zwar nicht, was das bedeutete, aber es warf noch einen weiteren dunklen Schatten auf die Sache. Darüber hinaus hat er meine Mutter dann schmählich verlassen, ohne mit ihr zu sprechen und ohne ihr eine einzige Erklärung zu geben. Das hat der Marke Mann bei mir nicht gerade zu mehr Ansehen verholfen.

Der einzige Mann, mit dem ich ein wenig länger zu tun hatte, war mein Onkel, der Mann der Tante, bei der ich viele Winter lang gewohnt habe – die Tante, die in dem oben geschilderten Traum im Hintergrund auftaucht. Doch auch dieser Onkel machte mir Angst mit seiner Stimme, seinen bissigen Kommentaren, mit seiner rauen, zerfurchten Haut und seiner geballten Hässlichkeit. Er ekelte mich an, weil er eine Libido ausstrahlte, mit der ich überhaupt nicht umgehen konnte. Vor seiner Frau, die dabei immer gute Miene zum bösen Spiel machte, sprach er offen über

* Pied-noir; in Algerien geborene Franzosen.

Tänzerinnen oder Schauspielerinnen, die er im Fernsehen gesehen hat und die ihn erregten. Er fragte mich auch, ob meine Schwester viel Brust hätte (worauf ich antwortete: »Klar. Zwei. Wie alle Leute«), und er sammelte auf dem Beistelltischchen Ausgaben des Herrenmagazins *Lui,* in denen meine Kusine und ich manchmal mit einer Mischung aus Erregung und Unverständnis blätterten. Wieder einmal: kein Charme, keine Zärtlichkeit und ein ausgesprochener Hang zur Obszönität.

Getrieben von einem Körper, der um jeden Preis einen Partner haben wollte, sehnte ich mich trotz dieser Beispiele und dieser Erfahrungen nach einer glücklichen Beziehung zu einem Mann, der meinen Wünschen entsprach. Die Lebenslust zwingt uns, unsere Grenzen und unsere Ängste zu überwinden, wir schleppen sie aber trotzdem immer mit uns herum, und irgendwann holen sie uns ein. Man braucht lange, um mit ihnen fertig zu werden und sie in den Wogen der Lust und der Begierde aufzulösen. Glücklicherweise hat mir das Leben einen ganz wunderbaren, zärtlichen und aufmerksamen Gatten geschenkt, und meine Ehe war ein erster Schritt zur Versöhnung mit der Männlichkeit. Bei ihm habe ich wahres männliches Feingefühl erlebt, und diese Verbindung hat die Landkarte meiner inneren Bilder verändert. Mein Körper und mein Geist haben die großzügige Zärtlichkeit seiner Liebkosungen genossen und konnten davon profitieren. Sein Zartgefühl, seine Geduld und sein Feuer haben viele meiner Ängste vertrieben, sie haben die Ecken und Kanten meiner Vorbehalte abgeschliffen und aus mir eine *tabula rasa* gemacht, die bereit war, eines Tages wieder neuen und großen Geschmack an den Männern zu finden.

Seit meiner Ehe, die mittlerweile geschieden ist, nenne ich den Mann, den ich liebe, immer »mein Zarter« oder »mein Sanfter«. Und ich sage oft zu ihm: »Du siehst süß aus!«

Korrektur

Auf den vorangegangen Seiten habe ich gelogen, indem ich etwas ausgelassen habe. Ich habe ein glückliches Ereignis verschwiegen. Ein wichtiges Datum in meiner Kindheitsgeschichte. Ich hatte es vergessen, es ist mir erst kürzlich wieder eingefallen. Es steht nicht im Widerspruch zu dem, was ich gerade beschrieben habe, da es sich um eine einmalige Episode handelte und da auch dieses Abenteuer ohne Worte und ohne Blicke blieb, also ohne deutliche Benennung. Ganz sicher aber hat es eine Saat gelegt, die langsam aufgekeimt ist, oder eher: das Erlebte ist durch alle Poren meiner Haut in meine Fantasie gedrungen und hat sich von dort aus langsam und nachhaltig in mein Wesen eingebrannt.

Nicht dass ich damals den Körper eines Jungen wahrgenommen hätte, geschweige denn mir erlaubt hätte, ihn kennenzulernen. Und trotzdem war es nicht mehr und nicht weniger als eine geheimnisvolle Verbindung, ein grandioses Versprechen.

Diese geheimnisvolle Verbindung bin ich als Vierjährige mit einem kleinen Jungen eingegangen. Eine unverhoffte Pause in der Einsamkeit des Körpers. Ich ließ mich gehen. Ließ mich von der Lust wiegen. Ich sprach nicht darüber. Ich verlangte nichts, ich erwartete auch nichts. Wenn die Lust kam, ließ ich mich in sie hineingleiten. Ich floss dahin wie eine zärtliche Melodie, ich hörte auf, zu denken und mir Sorgen zu machen. Ich hatte keine Ahnung, was es war, aber ich wusste, dass etwas ganz Wundervolles geschah.

Wer hatte mit diesen Liebkosungen angefangen? Er war ja noch ein Kleinkind, ein molliger Bub von zwei Jahren, ein Liebchen, ein Engelchen, ein kleiner Eros. Ein Gott ganz bestimmt. Vom Spielen am Strand war er braun gebrannt. Unter der heißen Sonne Spaniens war ich blass geblieben, weder hatte ich Pausbacken bekommen noch sonst eine Rundung, ich war immer noch spindeldürr. Wenn er sich an mich schmiegte, kniete ich im Sand nieder, damit ich auf Augenhöhe mit ihm war; ich weiß nicht, ob ich ihm damit zu verstehen geben wollte, dass *ich* bereit sei, ihn aufzunehmen, oder ob ich in diese Stellung ging, wenn ich spürte, dass *er* Lust dazu hatte. Ich weiß nicht, ob ich passiv blieb oder ihn aufforderte. Ich glaube nicht, dass ich ihn zu mir rief. Ich meine mich zu erinnern, dass ich mich ein wenig unterwürfig gab. Doch egal – sobald wir zusammen waren, schwelgte ich ganz in dem, was er mir gab, und wir schenkten einander eine Welt aus Liebkosungen, Zärtlichkeit, Wärme. Ein Taumel der Berührungen mit dem ganzen Körper. Wir waren uns ganz nah.

Um uns herum lagen in einem unregelmäßigen Kreis Handtücher mit Strandsachen und zerknüllten Kleidern; Onkel und Tanten, Cousins und Cousinen (wir beide waren die Jüngsten) johlten, gaben ihre Kommentare ab, lachten. In dieser weitläufigen Familie amüsierte man sich über die kindliche Wollust. Ich frage mich sogar, ob wir am Ende nicht gar dazu aufgefordert worden waren – ein arrangiertes Schmusen, das jeden Tag zwischen Baden und Sandburgenbauen auf dem Programm stand.

Ineinander verschlungen lagen wir uns lange und genüsslich in den Armen, Bauch an Bauch wie zwei Schnecken, die Arme um Schultern und Rücken gelegt, ich neigte meinen Kopf und legte ihn an seine Schulter, berührte seine Wange mit der meinen. Plötzlich hörte ich die Rufe um uns herum gar nicht mehr; wie in einer Filmszene, wo der Ton immer leiser wird und dann verklingt. Die Zeit blieb stehen. Und wenn sie wieder weiterlief, weil mein Cousin zu seinen Kleinkinderspielen zurückkehrte, fühlte ich mich nicht verlassen. Ich hatte Vertrauen, ich wusste, dass er zurückkommen würde, oder ich hatte mich eben damit abgefunden, dass er mir seine Gunst nach Lust und Laune schenkte.

Ich wusste nicht, worin diese Verbindung bestand. Ich hatte keinen vorgezeichneten Bezugsrahmen, um sie zu erfassen. Ich sog mich damit voll: das Absolute, die Transzendenz – so weit die Körper sie erreichen können.

In diesen Ferien habe ich gelernt, dass es kein unschuldigeres Spiel gibt.

Nach der Ehe

Mit sechsunddreißig Jahren war ich wieder Single.

Die Wandlung meiner Ehe habe ich in allen Einzelheiten in meinem Buch *L'Amour conjugué [»Vereinte Liebe«]* geschildert. Dieser Umbruch war für mich eine der wichtigsten Erfahrungen in meinem Leben. Sie veränderte mich von Grund auf. Eines Tages offenbarte mir mein Mann, er liebe eine andere Frau und wolle in den Ferien und an den Wochenenden für sie frei sein. Wahrscheinlich wollte er so ans Licht bringen, dass unsere Beziehung sich totlief und es uns nicht gelang, angemessen darauf zu reagieren. Zuerst fand ich diese Situation unerträglich und wurde dadurch in meinen Grundfesten erschüttert. Doch mir wurde schnell klar, dass ich meinen Mann auf keinen Fall daran hindern wollte, diese Chance auf erfülltes Glück, die das Leben ihm bot, wahrzunehmen. Schritt für Schritt fand ich danach zu einer eigenen, neuen Freiheit. Ich akzeptierte, dass mein Mann kam und ging, wann er wollte, und versuchte selbst, mein Leben außerhalb des Hauses zu gestalten. Ich ging abends wieder aus, pflegte Freundschaften intensiver und machte auch ein paarmal allein Urlaub. Dadurch erlebte ich eine zweite Jugend; ich nahm mir vor, meine Unabhängigkeit wiederzuerlangen, und ich fühlte mich wohl dabei. Die Neuartigkeit meiner privaten Situation weckte in mir frische Lebenslust. Dennoch wollten mein Mann und ich uns nicht scheiden lassen, sondern weiterhin in getrennten Zimmern im selben Haus wohnen und unsere vier Kinder gemeinsam großziehen. Trotz der Kluft, die sich zwischen uns aufgetan hatte, verstehen wir uns ganz gut. Wir stellen keine Fragen, wenn der eine oder der andere das Haus verlässt, und wir teilen uns gerecht die Zeit, die wir mit den Kindern verbringen, was bedeutet, dass derjenige, der an der Reihe ist, nicht frei über seine Zeit verfügen oder weggehen kann, wann er will. Über diese Vereinbarung bin ich froh, auch wenn sie uns manchmal enorme Anstrengungen abverlangt, denn alles läuft mit einer gefühlsmäßigen Distanz ab, die bisweilen einer Wüste gleichkommt. Dennoch: dass ich mit diesem Mann ein so schwieriges Lebenskonzept aufbauen konnte, trägt zu der Wertschätzung bei, die ich ihm nach wie vor entgegenbringe.

Ich muss hinzufügen, dass ich damals, Ende dreißig, das Muttersein satt hatte. Ich hatte mich mit meinem ganzen Körper und mit meiner Seele darin gesuhlt. Ich habe vier Kinder ausgetragen, ich habe sie ohne Periduralanästhesie geboren, ich habe jedes Kind über ein Jahr lang gestillt, ich habe sie in den Schlaf gewiegt, bin an ihren Betten gesessen, habe stundenlang auf irgendwelchen Bürgersteigen mit Steinchen gespielt, am Strand Sandkuchen gebacken, ich habe mich über ihre rasanten Fortschritte gefreut, habe immer peinlich darauf geachtet, sie mit Respekt zu behandeln, habe versucht, ganz genau zu verstehen, warum sie weinen und was sie in Bedrängnis bringt, was ihnen Spaß und was sie eifersüchtig macht. Kurzum: von all dem, was mir für mein Leben als Frau grundlegend erschien, habe ich mir eine riesige Menge einverleibt, ich habe mich sozusagen daran geweidet, aber ich glaube, dass ich mich am Ende wohl nicht mehr darin wiedergefunden habe. Nach zehn Jahren hatte ich genug davon, ich konnte nicht mehr, konnte nicht mehr im Rhythmus kleiner Kinder leben. Trotzdem finde ich heute, dass ich es richtiggehend gebraucht habe – und immer noch brauche –, diese Rolle einzunehmen, darin aufzugehen, zu schwelgen in dieser einzig echten, lebendigen Tätigkeit, die so sehr mit dem weiblichen Körper, ja mit dem Leben selbst verwachsen ist! Aber nach zehn Jahren der Erfüllung dieser Berufung gestatteten es mir die Lebensumstände zu verstehen, dass es auch noch etwas anderes gab. Etwas, das mir fehlte. Mein damaliges Leben war auch an eine klassische Ehe gebunden, in der ich kaum an andere Männer gedacht hatte; ich hatte auch keine Männer als Freunde, außer denen, die ich als Paar gemeinsam mit meinem Ehemann traf (welch dumme Angewohnheit!). Libido und Lebensfreude und der Geschmack von Freiheit und allumfassender Begeisterung entfachten in mir die Lust, andere Männer zu treffen oder einfach nur zu träumen. Ein Kribbeln im Körper, das ich nun nicht mehr unterdrücken musste, ein Mund, der sich in der Haut oder im Schoß öffnete, Augen, die nun nicht mehr den Blick verschleiern wollten, die Begierde, die frei wurde.

Als ich wieder allein war, suchte ich dringend einen Geliebten, weil ich solche Lust hatte, wieder von der Liebe und ihren Glückszuständen überwältigt zu werden. Raphaël hatte das gleiche Anliegen, vielleicht nicht ganz so deutlich formuliert. Nach ein paar Worten des Kennenlernens und nachdem einiges darauf hinwies, dass wir uns ganz gut verstanden, landeten wir in einem Hotel am Gare de Lyon. Dort begann eine sehr schöne Liebesgeschichte, die seit mehreren

Jahren anhält und fast ausschließlich in einem großen Bett und unter den Laken stattfindet, wenn wir uns hier und da ein paar Stunden aus dem Alltag unserer getrennt gelebten Leben davonstehlen können.

Meine neue Lust hat in Raphaël ihr Pendant gefunden. Auf alle mögliche Art und Weise haben wir uns bei den langen Treffen der Lust und der Liebe gegenseitig die Gelegenheit gegeben, unsere Körper und unsere Geschlechtsteile zu erkunden, sie kennenzulernen und ihnen immer neue Freuden zu schenken. Meine Vagina ist mir nun viel vertrauter, sie ist empfindsamer und aktiver, ich kenne ihre mannigfaltigen Zustände und kann meinen Geliebten darauf hinweisen – dessen Schwanz parallel dazu sehr viel sensibler geworden ist und weiß, wie er sich seiner Partnerin anpasst. Nach und nach hatte ich Orgasmen, die sehr viel intensiver waren, als ich es bislang erlebt hatte. Ich habe den Eindruck, seitdem schwelt ein Feuer in meinem Schoß, das sich viel leichter entzündet als früher, und ich spüre deutlich, dass ich die Kraft dieses Feuers mit ein bisschen mehr Kunstfertigkeit und Sensibilität durch meine ganze Persönlichkeit fließen lassen und dies in hohem Maß ausnützen könnte. In meinem Schoß entspringt ganz eindeutig eine meiner Lebensadern. Da dieses Feuer vor allem brennt, wenn ich mit meinem Geliebten oder sonst einem Mann zusammen bin, der mir Lust bereitet, sind die Männer für mich ein ganz besonderer Quell der Freude. Ihnen gilt meine größte Wertschätzung, und ich bin ihnen unendlich dankbar. Wenn ich mit ihnen zusammen bin, leuchtet meine Seele, Wärme durchströmt mich. Männer sind manchmal Engel.

In den Jahren meiner Erneuerung habe ich hauptsächlich mit Raphaël eine Tätigkeit lebhaft weiterentwickelt: Einen Mann anzusehen, ihn mit den Augen zu verschlingen, wurde meine Leidenschaft und Sinnenfreude. Denn Raphaël zeigt sich gern, er bietet sich meinem Blick großzügig dar. Dieses – gegenseitige – Betrachten gehört seitdem ganz und gar zum Sexualakt dazu. Die Freude, die Raphaël an der Nacktheit findet, vor allem an dem Teil, von dem er weiß, dass es sein kostbarster Schatz ist – sein Geschlecht, Schwanz und Hoden, die beide sehr sensibel und quicklebendig sind –, setzte nach und nach auch bei mir eine heftige Lust frei zu schauen, genau hinzusehen und zu betrachten, den ganzen Körper und sein komplexes Zentrum – sein Geschlecht, das das Ganze einteilt und ihm gleichzeitig Ordnung und Intensität verleiht. Einen Mann anzusehen, ohne dabei auch immer wieder den Blick auf sein Geschlecht zu heften, ist unvollständig und lächerlich. Dorthin tendiert der Blick, dorthin wandert er wieder zurück, um sich erneut auf die Reise zu machen. Man könnte sagen, das Geschlechtsteil ist ein Teil und das Ganze zugleich. Und das bestätigt sich, wenn ich Raphaël liebkose – wenn ich seinen Körper streichle, will ich auch seinen Schoß streicheln, und wenn ich seinen Schoß streichle, ist es, als würde ich seinen ganzen Körper streicheln. Das Verlangen, der Blick, die Lust aufs Ganze streben zu diesem Fluchtpunkt, hin zu dieser Essenz, dieser komplexen Verdichtung, die sich manchmal erhebt, als würde sie aus sich selbst heraus überquellen und müsste dem Raum eine neue Dimension verleihen. Da ich in der Vertrautheit mit Raphaël diesen Raum kenne, in dem alles erlaubt ist, was wir beide wollen, haben die Begriffe Exhibitionismus und Voyeurismus jede theatralische und schamlose Konnotation verloren. Im Gegenteil, sie klingen schön und gesund, tief und erfüllend, und sie sind für mich nunmehr die eindringlichsten Worte für Zärtlichkeit, Respekt und Lust.

Mein Zusammentreffen mit Raphaël hatte auch noch eine andere unerwartete Wirkung: Ich flirte gerne, vielleicht bin ich auch polygam, jedenfalls bedeutet mir Treue im körperlichen Sinn immer weniger.

Ich mache mir Sorgen, was man von mir denken könnte, aber ich bekenne mich hier dennoch dazu. Es ist so: Wenn man verliebt ist, will man Ausschließlichkeit, man konzentriert seine ganze Energie auf die eine Person und verweist alle anderen in ferne Gefilde. Ich weiß nicht, warum, aber man könnte sagen, dass bei mir das Gegenteil zutrifft. Wenn ich in einen Mann verliebt bin, bin ich in alle und jeden genauso verliebt, alle meine Sinne sind geschärft, meine Empfänglichkeit für die männliche Schönheit ist erhöht, meine Lust, Männer kennenzulernen, ist angefacht, und ich erlebe mich in einem schwungvollen Zustand des Suchens und der Leichtigkeit. Ich werde offener, habe mehr Lust, sich bietende Gelegenheiten zu ergreifen. Trotzdem habe ich ein klar definiertes Zentrum meiner Begierde, aber dieses Zentrum strahlt überallhin aus, es erotisiert die ganze Welt. Ich befürchte fast, anomal zu sein. Aber wenn ich ehrlich bin, muss ich zugeben, dass es bei mir eben einfach so ist. Seit ich mit Raphaël glücklich bin und mich in dieser Beziehung entfalten kann, fühle ich mich offen für neue Begegnungen, für lockere und flüchtige, aber auch für stete Beziehungen. Seit ich das klassische Eheleben hinter mir habe, sind Liebe und Sexualität für mich auf einmal keine Beziehungen mehr mit Ausschließlichkeitsanspruch, sondern ein mehr oder weniger tiefgehender, mehr oder weniger verbindlicher Austausch, bei dem ich nicht mehr nachvollziehen kann, warum er von einer Monopolstellung begleitet sein muss. Ein Mann, der mich glücklich macht, setzt in mir eine Energie frei, die sich auf mehrere Männer und vor allem auf mehrere Formen von sexuellen Beziehungen richten kann. Meine Rede, mein Bekenntnis kann man eigentlich auf einen Nenner bringen: Ich halte nichts mehr von Ausschließlichkeit. Warum soll man sich dazu zwingen? Ich sehe darin keinen Sinn mehr. Wenn ich mich an diese Regel halten soll, geht meine Verliebtheit zurück, sie schläft ein und erlischt. Sie fühlt sich gefangen. Sie klagt. Sie weint.

Ich bin eine sehr vernünftige und eher schüchterne Frau, aber ich träume von parallelen Abenteuern. Ich sehe in der Eifersucht keinen wirklichen Sinn mehr. Als Reflex verstehe ich dieses Gefühl durchaus, ich kann genauso eifersüchtig sein wie jeder andere Mensch. Aber als grundlegende Lebensregel finde ich sie rätselhaft und befremdlich. Doch ich bin mir bei mir nicht ganz sicher – vielleicht bin ich zu wahrer Liebe ganz einfach nicht fähig.

Zu meiner Rechtfertigung schlage ich einen Vergleich vor: Mir gefällt der Pyrenäengipfel Pic du Midi d'Ossau sehr, ich finde ihn herrlich und träume immer wieder davon, ihn zu erklimmen. Trotz meiner Begeisterung für diesen Berg möchte ich nicht, dass mir jemand vorschreibt, in meinem ganzen Leben oder auch nur in den nächsten zehn Jahren ausschließlich diese eine Bergtour machen zu dürfen. Und ich würde es verabscheuen, wenn man mich vor die Wahl stellte: Entweder kletterst du hinauf und verschreibst dich diesem Gipfel, oder du verzichtest ganz darauf. Ich gebe zu, dass dieser Berg toll ist, und ich glaube, dass man dort jedes Mal neue Wunder entdeckt, neue Seiten kennenlernt und rückblickend erschauert, weil man sie zuvor nicht gesehen hat. Ich bin mir sicher, je öfter man dort wandert, desto mehr gefällt er einem und desto mehr lernt man ihn schätzen. Aber trotzdem – trotz allem habe ich im Bauch, im Herzen und im lebhaftesten Teil meines Geistes eine unwiderstehliche Lust, auch andere Berge kennenzulernen. Ebenso geht es mir mit der Lust, mit mehr als nur einem Mann zu verkehren, und das nicht zwangsläufig *nach*einander, wenn das Leben, das doch sehr mit wahren Beziehungen geizt, die Männer zeitlich versetzt oder eben auch gleichzeitig zu mir führt. Ich kann nicht verstehen oder kann es für mich nicht als gerechtfertigt empfinden, dass die Natur die Männer oft so attraktiv gestaltet, die Kultur aber, zumindest unsere Kultur, von uns fordert, unser Verlangen nur auf einen einzigen Mann zu konzentrieren.

Ich sage noch einmal, dass ich noch immer vernünftig bin; teils aus Schüchternheit, teils aus Unkenntnis darüber, wie ich es anstellen soll. Vor allem aber weil mich nur tiefgehende Beziehungen interessieren, träume ich – bis auf Weiteres – nicht von Körpern, die sich in der Dunkelheit umschlingen und einander nehmen, auch nicht von Fremden, die mich so schnell wieder verlassen, wie sie auch in mich eingedrungen sind. Ich träume von Menschen, die sich mir mit Wärme, Zärtlichkeit und Geschick so weit wie möglich öffnen. Nicht der bloße Kontakt interessiert mich, nicht das Prickeln sexueller Schwingungen macht mich an, sondern das vertraute Zusammensein, die Nähe des ganzen Menschen – und das, was Menschen zu zweit zustande bringen können, um sich gegenseitig Erfüllung zu schenken. Mein Schoß öffnet sich dem anderen nur, weil die Person, der der andere Schoß gehört, mir wie eine Verheißung der Erweiterung und Vertiefung meines eigenen Universums erscheint. Daher können solche Begegnungen nicht sehr häufig stattfinden, und daher kann ich mich auch nicht damit abfinden, unter dem Vorwand, ich sei anderweitig gebunden, eine Chance verstreichen zu lassen, wenn sie sich bietet. Selbst eine einzige Nacht ist wertvoll, wenn sie echte Nähe verspricht.

Solche Begegnungen sind selten, und ich will nicht mehr auf andere Männer verzichten müssen, weil ich einen Mann liebe. Ich halte dies nicht mehr für notwendig, denn angemessene Diskretion und Zärtlichkeit erscheinen mir nun ausreichend, um die Angst vor dem Verlassenwerden und das Bedürfnis nach Ausschließlichkeit, Gefühle, die wir alle kennen, zu lindern. Ausschließlichkeit ist für mich weder ein Liebesbeweis noch eine Forderung der Liebe, sondern unnötige Steifheit. Auch verstehe ich nicht mehr, warum bei der Sexualität ein Monopol auf den einen, einzigen Menschen bestehen muss – ich halte Sexualität eher für eine sehr schöne und sehr reiche, eine sehr kostbare und kräftige Sprache. Und warum soll man die nur mit einer einzigen Person sprechen? Außerdem entwickelt sich jede sexuelle Beziehung doch auf ihre eigene Weise. Warum sollte man in seinem Leben zu einer bestimmten Zeit nur eine einzige tiefschürfende Unterhaltung führen? Jeder muss selbst wissen und selbst herausfinden, wie viele Gespräche er parallel führen kann, wie viel Kraft er hat und welche für ihn die optimale Anzahl ist. Meiner Meinung nach wird diese ausschließende Sexualität, die als Ausdruck der Liebe gilt, überschätzt und zugleich missverstanden. Überschätzt, weil die Sexualität keine heilige und absolute Verbindung ist, jedenfalls nicht für mich; sie ist ein wunderbares Werkzeug oder Spielzeug, durch das sich zwei Menschen annähern und austauschen können. Missverstanden, weil man ihr gerade dann, wenn man sie in den Dienst einer einzelnen Beziehung stellt, nicht gestattet, sich in der Gesamtheit der Erfahrungen zu entwickeln, die sie befruchten könnten. Ich glaube, dass sich die Sexualität eines Menschen auch durch neue Begegnungen, andere Körper und andere Menschen, entfaltet. Ich halte Treue durchaus für eine sehr schöne Tugend, sie steht für Konstanz, Beständigkeit, Tiefe, Vertrauen, aber ich sehe nicht mehr ein, warum sie immer mit Ausschließlichkeit gepaart sein soll. Liebesbeziehungen können sehr dauerhaft sein, auch ohne dass sie ein Monopol beanspruchen.

Um die Seltenheit solcher Beziehungen auszugleichen, hat die Natur den Menschen Fantasie verliehen. Dank ihr laufe ich – mit dem Blick – den Jungen nach, ich habe Spaß an flüchtigen Begegnungen und an einem Geplänkel ohne Folgen, außer der einen: meine Lebenskraft und Weiblichkeit zu pflegen. Somit kenne ich keine Grenzen, ich kann nach Belieben wählen, mich an der Überfülle der Männer freuen und endlos mit den Gegebenheiten spielen. Ich bin immer noch nicht in der Lage, jemanden forsch anzubaggern, abgesehen davon bin ich überzeugt, dass das zu nichts führt, da meine Attraktivität begrenzt ist und die Männer, mit denen ich wahre Momente der Erfüllung erleben könnte, nicht dutzendweise herumlaufen. Ich gehe auch nicht ins Internet, um mehr Männer kennenzulernen, ich verlasse mich ganz klassisch auf die Zufälle des Lebens, das nur sporadisch die passenden Umstände für eine tiefe Verbindung zur Verfügung stellt.

Auch an der Pornographie finde ich keinen Gefallen – mir ist schleierhaft, was diese Leute da tun. Zu mir passt – und mehr will ich im Moment auch nicht – eine Meditation, eine Orientierung, wandernde Augen. Ich handle nach dem Prinzip, die wenigen Gelegenheiten, die wirklich Lust machen, nicht zu verpassen, sie zu genießen und jedes Mal zu versuchen, die Beziehung nach ihren Möglichkeiten zu gestalten – es muss also nicht zwangsläufig eine vollständige sexuelle Beziehung daraus erwachsen. In der restlichen Zeit hänge ich unermüdlich meinen Träumereien nach, betrachte Passanten und reagiere immer fröhlich und freundlich auf Komplimente, die man mir hier und da beiläufig macht.

Kein Hardcore – nur Soft. Dennoch viel Lust, die ich uns, allen Frauen, wünsche und die das Leben schön macht.

Das schöne Geschlecht der Männer

Eines Abends kam meine älteste Tochter vom Gymnasium nach Hause und erzählte, in Biologie hätten sie Funktion und Wirkung von LSD durchgenommen. Während ich ihr zuhörte, dachte ich an die geheimen Orgasmen, die ich mir an jenem Morgen allein in meinem Bett geschenkt hatte, ohne mich zu berühren. Ich spürte einfach, wie mein Schoß anschwoll vor Verlangen nach dem schönen Mann, den ich kurz zuvor kennengelernt hatte, und spannte ganz leicht meine Vagina an, dann ließ ich mich von der Woge davontragen, die mich von meinem Schoß bis hinauf zu den Augen überspülte. Ich dachte an den Hauch der Glückseligkeit, die ich empfunden hatte, und sagte mir, wie blöd ich wäre, LSD zu nehmen und meine Gesundheit zu ruinieren, wo es doch Männer gibt, Männer in Hülle und Fülle, und von Zeit zu Zeit ganz besonders einen Mann, der mich verzaubert und bei dem ich trotz der Unmöglichkeit einer Beziehung in Wollust versinke.

Oft bringt mich ein Mann zum Träumen, zum Treiben in der Gedankenlosigkeit. Die glücklichsten Momente beim Sex sind Momente des Schwebens, Trancezustände, in denen mein Körper abhebt und davonfliegt und mein Geist mit ihm; ausgesetzte Zeiten, in denen man sich regenerieren kann, die die Ecken und Kanten der Wirklichkeit abrunden und einem schlichtweg Flügel verleihen. Zu wissen, dass solche Zustände für mich erreichbar sind und ich sie manchmal sogar alleine erreichen kann, indem ich von irgendeinem völlig Fremden träume, macht das Leben für mich lebenswerter.

Ich werde immer empfänglicher für die Reize der Männer. Es reicht aus, dass ich mich in ein Straßencafé setze, meine Fantasie spielen und meinen Blick schweifen, ihn frei über das Äußere und die Haltung eines Mannes wandern lasse, beobachte, was die Männer tun, mich in ihren Mähnen – dem dichten Haar der jungen Männer – verliere, mir vorstelle, was sich hinter ihrer Erscheinung verbirgt, ihre Gesichter und ihre Mienen ansehe, ihre Kleidung begutachte, ob die Hosen locker sitzen oder ob sie im Gegenteil eng an den Hüften anliegen (oft von einem Gürtel gehalten, der nach dem Hemd meist das zweite Kleidungsstück ist, das man öffnet, wenn man einen Mann auszieht). Ich betrachte Sakkos mit Taschen, in die man die Hand hineinstecken und kleine Briefchen deponieren kann, leichte T-Shirts über der Brust oder Polohemden (die ich sehr mag, allerdings sieht man sie immer seltener, wie ich finde). Neulich machte mich eine blaue Jacke über einem roten Hemd, aus dem der Hals herausragte – die Krönung an einem Mann, dessen Unterhaltung ich schätze –, so verrückt, dass mein ganzer restlicher Tag lichtvoll und leicht war. Gewandtes Auftreten oder die Geschicklichkeit, Rad zu fahren, ohne den Lenker mit den Händen zu halten (da werde ich sofort schwach), ein Blick, der einen Moment länger als nötig auf mir verweilt, ein höfliches oder scherzhaftes Wort – reden wir lieber nicht davon! All das ist gut. In dieser Hinsicht sind alle Mittel erlaubt! Man muss sich nur irgendwo hinsetzen, an die Straße, in eine Bibliothek, oder auch in einen Konferenzsaal, und schon hat man ein nie enden wollendes Spektakel vor Augen. Die Gesellschaft liefert so viele schöne Männer wie die Natur schöne Landschaften, dass es einem nie langweilig wird. Man muss sich nur gehen lassen, seine Sensibilität steigern, die Augen weit aufmachen – alle Augen des Körpers und der Fantasie – und einen empfänglichen Frauenkörper haben, der durch die Augen, durch die Haut noch empfänglicher wird.

Allein die Anwesenheit eines Mannes – im Zug, neben mir, in einem Wartezimmer, in einem Klassenzimmer, egal wo – kann alles verändern, wenn ich in dieser empfänglichen Stimmung bin. Dass mein Fahrradmechaniker ein Mann ist, verleiht der Tatsache, dass er einen Reifen wechseln oder meinen Dynamo prüfen muss, einen besonderen Reiz. Ich erinnere mich übrigens an eine zauberhafte Szene, die ich bei ihm erlebt habe: Sein junger Geselle bediente ein Mädchen; bei ihrem Rad funktionierte die Gangschaltung nicht mehr, und er wollte sie in dem Gang fixieren, in dem sie am besten durch die Stadt radeln konnte, ob es nun eben war, bergauf oder bergab ging. Ihr Gespräch ging nie über das eigentliche Thema der besten Einstellung der Gangschaltung hinaus, aber ich merkte – woran? – an der Freundlichkeit des jungen Mannes, an der leichten Schüchternheit, die er an den Tag legte und die mir seine Nervosität verriet, an der leichten Erregung, die man aus der Stimme des Mädchens heraushörte, die in ihrer bunten Hose mit afrikanischem Muster sportlich und kräftig wirkte, und daran, dass das Gespräch immer wieder auf dieselben Punkte zurückkam. Er merkte immer wieder an: »Klar – in Bordeaux gibt es eben viele Steigungen, nicht nur im Quatre-Pavillons-Viertel.« – »Klar«, wiederholte sie, als würde es beiden gefallen, das Gespräch um ein paar Sekunden und um ein paar Antworten hinauszuzögern. Kurz, an all dem merkte ich, dass Eros mit seiner üblichen Leichtigkeit über diese Unterhaltung hinwegflog. Eros versteht sich auf die Kunst, den gewöhnlichsten Zutaten die gewisse Würze zu verleihen und die banalsten Situationen mit einem glänzenden Lack zu überziehen.

Während ich ein wenig im Hintergrund darauf wartete, bis ich an die Reihe kam, sprühte die leichte, aber doch dichte Lebensfreude der beiden Gesprächspartner zu mir herüber. Die Luft vibrierte, das Licht wurde heller, und ich ahnte, dass der junge Mann dieses Rad im Verlauf des Tages mit ein wenig mehr Hingabe als sonst noch einmal prüfen würde und dass das, was unter anderen Umständen eine Zumutung für das Mädchen gewesen wäre, dieses Mal etwas Verlockendes hatte – nämlich noch einmal kommen zu müssen, um ihr Rad abzuholen. Das Geschlecht des Mechanikers, die Tatsache, dass er seinen Gehilfen schickte, um das Mädchen zu bedienen, all das verlieh einer normalerweise alltäglichen Situation eine ganz besondere Atmosphäre.

Warum ist das so? Warum ist eine Begegnung zwischen Menschen verschiedenen Geschlechts von einer solchen Aura umgeben? Warum hebt sie das Leben aus dem Alltag heraus, selbst wenn beide Beteiligten sich nie wiedersehen werden, selbst wenn sie niemals irgendetwas zusammen unternehmen werden und sich gegenseitig vielleicht auch gar nicht gefallen?

Stellen wir zunächst einmal die Hypothese auf, es gäbe ein Fluidum, das die Erde durchzieht und sich an den Stellen konzentriert, wo eine solche Begegnung stattfindet. Nehmen wir weiter an, es gäbe einen unmerklichen Wind, der sexuelle Wesen umweht, wenn sie aufeinandertreffen, einen Wind, der sie mehr oder weniger stark einhüllt und ihr Verlangen mehr oder weniger steigert. Von da an ist es nur ein kleiner Schritt zu glauben, dass es einen Gott oder mehrere Götter gibt, die uns unsichtbar umkreisen und hier und da stimulierend wirken; und diesen Schritt mache ich ganz munter, wenn man unbedingt eine Erklärung dafür suchen will. Jean Renoir hat seinen Film *Das Frühstück im Grünen* diesem Mysterium und dieser Hypothese gewidmet: Ein unauffälliger alter Schäfer, ein verkleideter Satyr oder ein Pan, spielt auf seiner Flöte, und die leisen, aber eindringlichen Töne verwandeln sich in heftige Windböen. Der Sturm lässt die Röcke der Frauen auffliegen, die in gesellschaftliche Konventionen eingezwängt sind, und macht die Körper frei und mutig, die aus Prinzipientreue oder durch das Gebot der Selbstbeherrschung blockiert sind. Er bricht jeden Widerstand und bläst schließlich alles davon. Vielleicht ist unser Gehör nicht fein genug, um die Panflöte zu hören, deshalb sind wir von ihrer Wirkung auf uns auch immer so überrascht. Aber wir müssen sie einfach zur Kenntnis nehmen: Wo es Mädchen und Jungen, Frauen und Männer gibt, entsteht eine Perspektive, eine Erregung, eine Zärtlichkeit, eine Hingezogenheit, ein Eifer, wie Wind in der Landschaft, der das Leben schöner macht, auch wenn all dies vage und nicht auf eine bestimmte Handlung ausgerichtet ist. Es ist eine Tatsache, die einem Wunder oder zumindest der Magie gleichkommt, zumal sich so etwas logischerweise nicht zwangsläufig ereignet.

Solche Emotionen stehen nur sehr selten am Anfang tiefer Beziehungen, dazu haben sie kaum die Kraft. Meistens sind es Versprechen, die man nicht halten muss. Die ganze Kunst besteht darin, jedes Mal genau einzuschätzen, welche Möglichkeiten sie in sich tragen, und die Chancen nicht zu verpassen, die ein wenig mehr versprechen, sowie zu vermeiden, dass man Begegnungen unnötig in die Länge zieht, wenn sie nicht das Format zu einer echten Beziehung haben. Diese Kunst verlangt Intuition, Aufmerksamkeit und Erfahrung.

Ich bremse mit dem Fahrrad an einer roten Ampel. Ein männlicher Radfahrer hält neben mir an. Wir teilen einen flüchtigen Moment, einen Bruchteil des Alltags. Manchmal kreuzen sich die Blicke, und das ist gar nicht so unbedeutend. Mein Körper signalisiert mir, dass dies schon ein kleines Ereignis ist. Ein Mann sieht mich an, und schon habe ich eine nicht zu vernachlässigende Gemeinsamkeit mit ihm: Wir radeln beide durch die Stadt: Und wenn es nun regnen sollte und wir zusammen die süße Not erleiden müssten, die Tropfen wegzuwischen oder sie eben auszuhalten, kann Einverständnis entstehen. Es kann sich auch ein Gespräch ergeben über die Größe des Gepäckträgers, das Licht, das nicht funktioniert, der Henkel der Tasche, der übersteht, quietschende Bremsen – alles kann dazu dienen, schnell ein paar Worte zu wechseln. Aber dann wird die Ampel grün, und die Unterhaltung muss beendet werden. »Schönen Tag noch.« – »Gute Fahrt.« Oder vielleicht auch: »Bis zum nächsten Mal.« Man kann sogar so weit gehen zu sagen: »Ich würde mich freuen, Sie wieder einmal zu treffen«, mehr aber geht in solchen Fällen nicht, denn man sollte nicht insistierend wirken. Und dann fahre ich weiter, trete mit leichtem Fuß und leichtem Herzen wieder in die Pedale.

Für mich gibt es beileibe nichts Belebenderes als eine kurze Begegnung zwischen einer Frau und einem Mann, die zu nichts verpflichtet – ein kleiner Gruß an den kleinen Unterschied zwischen den Geschlechtern, einfach eine folgenlose Hommage an die Verführung, die nicht von großen Gesten begleitet wird. Danach muss ich kein Geld mehr für einen Cocktail aus Vitaminen und Mineralstoffen ausgeben, den ich zu brauchen glaubte – meine Waden sind schon gestrafft, meine Schenkel gekräftigt, mir geht eine lebhafte und natürlich beschwingte Melodie im Kopf herum …

Eines Morgens schwimme ich eifrig im Hallenbad, ohne am Beckenrand eine Pause zwischen den Längen einzulegen; ich bin darauf bedacht, die jüngste Anweisung meines Trainers zu befolgen: den Grätschbeinschlag im optimalen Abstand zur Wasseroberfläche auszuführen und dabei Arme und Kopf vorzustrecken, damit man so weit wie möglich nach vorn getrieben wird. Aus den Augenwinkeln sehe ich zwei Männer, die in aller Ruhe nebeneinanderher schwimmen und sich dabei immer mal wieder von Bahn zu Bahn unterhalten. Als ich nach einiger Zeit Pause mache, sieht mich der eine erst ein wenig verstohlen, dann aber offen an, und schließlich lächelt er mir zu. Ich erwidere das Lächeln ein bisschen länger. Also spricht er mich an, wenn auch ein wenig zaghaft: »Sie treiben ja richtig Sport, was?« Nun will ich ihm zeigen, dass ich mich über seine Worte freue, und sage so liebenswürdig wie möglich. »Wie meinen Sie das?« – »Na, Sie schwimmen eine Länge nach der anderen, das ist richtiger Sport.« – »Ach, Brustschwimmen ist nicht besonders anstrengend.« – »Ach ja? Trotzdem …« Dann entspinnt sich eine Unterhaltung: »Sind Sie oft hier?« Die beiden kommen nicht häufig in dieses Schwimmbad. »Schwimmen Sie gern?« Sie können nicht so gut schwimmen, sie sind Brüder, sie haben Kinder, sie kommen vor allem wegen der Kinder. »Wie alt sind die Kinder?« Die Kinder gehen gern schwimmen, aber normalerweise gehen sie in ein anderes Bad, das näher bei ihrem Haus liegt, aber bei Weitem nicht so schön ist… Und immer wieder machen sie mir Komplimente, die mir schmeicheln wie einem kleinen Mädchen: »Trainieren Sie etwa für einen Wettkampf?« All das wird mit großer Ruhe, Freundlichkeit und Höflichkeit vorgebracht – ein Hauch, wirklich nur ein Hauch von einem Flirt, der meiner Eitelkeit schmeichelt, alles findet völlig keusch und fast ohne jeden Willen zur Verführung statt. Ich will einfach nur liebenswürdig sein.

Nachdem wir uns kennengelernt haben, steigen sie aus dem Becken. Nach einer Viertelstunde kommen sie wieder ins Wasser und versuchen, mich einzuholen. Ich warte also am Beckenrand auf sie und schlage ihnen ein Wettschwimmen vor. Wir bitten eine Schwimmerin, die noch nicht mit ihren Bahnen begonnen hat, uns das Startzeichen zu geben. Und so machen wir uns mit aller Kraft, die unsere Arme und Beine hergeben, an die 50-Meter-Bahn – ich zwischen zwei Männern, die sich auf die harmloseste Art und Weise, die man sich nur vorstellen kann, mit mir messen, mit mir spielen wollen. Ein spielerischer, gemischter Wettkampf – was für eine schöne Begegnung! Ich bin sechs Jahre alt und schwimme mit meinen Freunden, ich bin dreizehn Jahre alt und schwimme mit meinen beiden Verehrern, zwischen denen ich mich nicht entscheiden kann und von denen ich mich umwerben lasse, ohne ein Urteil zu fällen, ich bin vierzig Jahre alt und habe Spaß an einer sportlichen Begegnung. Ich verliere, der Mann rechts von mir hat mehr als eine Kopflänge Vorsprung. Nun mache ich ihm Komplimente, und er wehrt ab: »Nein, nein, ach woher! Das ist doch nichts Besonderes …« Dann entschuldigen sie sich, denn sie müssen zu ihren Kindern zurück oder sie wollen ins Dampfbad – ich weiß es nicht mehr, ich treffe sie jedenfalls nicht mehr und habe keine Gelegenheit, mich von ihnen zu verabschieden und mich für dieses kleine Fest zu bedanken, das wir dem Zufall abgerungen haben; vielleicht oder sehr wahrscheinlich werden wir uns nie mehr wiedersehen. Doch meine Fantasie schwelgt genüsslich weiter, ich sehe mich im Geiste mit beiden gleichzeitig beim Sex, der zwischen uns so selbstverständlich ist wie unser Wettschwimmen. Ich träume, dass ich zwischen beiden Körpern bin, dass ich von allen Seiten wohlig von Männerkörpern umgeben bin, dass mich der eine streichelt und der andere in mich eindringt. Und dann verblasst dieses Bild, während die beiden Brüder in den Räumlichkeiten des Schwimmbads verschwunden bleiben. Dieser Augenblick war wunderbar, wirklich köstlich. Gefolgt von meiner erotischen Fantasie war er teuflisch belebend! Ich nehme meine Bahnen wieder auf, dieses Mal im Kraul.

Warum bin ich an diesem Tag doppelt so lange geschwommen wie sonst? Mit diesem fröhlichen Schwung, den ich habe, wenn ich in Hochform bin?

Je unverbindlicher Begegnungen sind, desto wahrscheinlicher sind sie, desto leichter kann man sie vermehren, sie herbeiführen. Sicherlich wird es auch Nieten geben, Schläge ins Wasser, aber was soll's? Davon kann man sich leicht erholen, denn eine gelungene Begegnung derselben harmlosen Art kann sie ersetzen. Ein Blick im Bus, ein paar Worte am Tresen eines Cafés, ein Kompliment, im Kino nebeneinandersitzen, ohne sich zu berühren und ohne sich zu verkrampfen – es gibt tausend Gelegenheiten, diese Neuigkeit zu feiern, die einen immer wieder aufs Neue erstaunt:

Wir sind nicht alle vom selben Geschlecht, zwischen uns glimmt die Begierde, und sie kann jederzeit aufflammen.

Je verbindlicher Begegnungen sind, desto anstrengender, desto riskanter und fordernder sind sie. Es liegt an uns, sie richtig zu dosieren zwischen Ungestüm und Lockerheit, zwischen Zyklon und Windhauch, zwischen dem ganzen Wesen und seiner Oberfläche. Zwischen diesen Extremen gibt es eine Menge Abstufungen, und es gibt auch geschwisterliche Freundschaft.

Natürlich ist nicht nur die Präsenz von Männern betörend, natürlich ist nicht nur die männliche Schönheit erhebend. Freundinnen, spielende Kinder, lebhafte Diskussionen, Kunstwerke, die im Detail eine Situation darstellen, für die man selbst noch keine Worte gefunden hatte; die Ausdauer, mit der man einen Sport trainiert, oder wenn man plötzlich auf einen Gedanken kommt, der der Welt Sinn verleiht, eine Begegnung, in der sich der andere, unabhängig von seinem Geschlecht, erklärt und uns ermöglicht, ihn zu verstehen, ein magischer Moment, in dem alles klar wird und in dem die Menschen sich näherkommen. Oder die Berge, Wandern, Schwimmen in einem kühlen See – es gibt unzählige Dinge! Eine kleine romanische Kirche, ein menschenleerer Strand im Winter, ein Fahrradweg, der an einem Moor entlangführt, ein Dorfplatz in der Drôme mit vielen Bänken, wo man sitzen kann, solange man will, und mit einem Kopfsteinpflaster, auf dem sich die Fußsohlen krümmen, wenn man darübergeht. Es gibt wirklich so vieles. Auch die Freiheit, die einem die Einsamkeit verleiht, die Freude, sich seiner selbst bewusst zu sein und immer in der ersten Reihe zu sitzen, um an sich selbst zu erleben, wie Gefühle, Empfindungen, Gedanken entstehen, sich entwickeln oder verfliegen. Also, das Leben bietet so viele Möglichkeiten und Gelegenheiten, sich zu freuen, dass ich mich frage, wieso für mich die Liebe und die Begegnung, wenn auch nicht unbedingt die sexuelle, aber doch die erotisierende Begegnung, an erster Stelle oder im Mittelpunkt steht. Ist das nicht konformistisch oder unselbständig? Entfremdend gar? Macht man sich denn nicht das Leben schwer, wenn man immer will, dass Freude eine erotische Seite hat, mit irgendeinem Bezug zur Sexualität?

Im *Gastmahl* lehrt uns Platon, dass die Liebe zu den schönen Körpern die erste Stufe auf dem Weg zu einer anderen, weniger fleischlichen und seelenerfüllenden Liebe sei, einer Liebe zu den wahren Erkenntnissen, die die Bestimmung der Seele zur Gänze entfalten: die reine Schönheit, die wahre Tugend, die Erkenntnis derselben.

Vielleicht hatte Platon Recht. Vielleicht erwarten mich meilenweit von der Sexualität entfernt größere Gedankenflüge, von denen ich noch nichts weiß und die leichter, befreiter und befreiender sind, als es die Sexualität ist. Doch gegenwärtig stelle ich fest, dass es meinem Leben, meiner Einsamkeit und meiner Arbeit guttut, wenn ich regelmäßig Kraft sammeln kann bei diesem noch nicht zur Genüge ausgekosteten Fest des sexuellen Unterschieds und der zahllosen Varianten, dieses Fest zu begehen. Im Moment richte ich mein Handeln anhand dieser Feststellung aus, die den tatsächlichen Gegebenheiten entspricht, und lasse mich lieber nicht von asketischen Lehren leiten, deren Verheißungen ungewiss sind. Im Moment vertraue ich dem, was mein weiblicher Körper mir sagt.

Diese tatsächlichen Gegebenheiten erstaunen mich immer wieder, aber die Hypothese, die ich gerade bezüglich dieses Fluidums und der Götter, die heimlich um uns herumschwirren, aufgestellt habe, ist trotzdem nicht sehr wahrscheinlich! Aber was genau verleiht der Präsenz eines Mannes für mich denn diese ganz andere Qualität als der Präsenz einer Frau? Wie kann ich es mir erklären, dass die Luft, die ich atme, plötzlich ein wenig prickelt, dass die Farben des Augenblicks plötzlich aufgefrischt werden? Dass ich meine inneren

Ohren spitze, dass eine Art Alarmsignal ausgesendet wird und meine Zellen durchläuft? Dass das Ganze durchaus auch mit einer leichten Verkrampfung, einer Beklommenheit verbunden ist? Mit einer erkennbaren Körpersprache. Wenn ich zum Beispiel im Schwimmbad oder im Café meinen Freund Yvan treffe, den ich immer nur zur Begrüßung auf die Wange küsse, wird Energie freigesetzt, die Lebenskraft vergrößert und verdichtet. Alles macht mehr Spaß, wenn er mit mir zusammen ist. Der Mann weckt eine Beziehung zu mir selbst und meinen Potentialen, die ohne ihn einzuschlafen drohen. Sollte man zugunsten einer größeren Unabhängigkeit also auf diesen kleinen Trick verzichten? Das überzeugt mich nicht!

Immer noch überrascht von diesem Phänomen, stelle ich schließlich eine zweite Hypothese auf: eine Art natürliche, aber auch kulturelle Programmierung (ohne dass man, wie immer, bei diesen beiden Begriffen sagen kann, wo genau die Grenze dazwischen verläuft), eine List, die eingesetzt wurde, damit das Leben der Menschen nicht dauerhaft verkümmert. Also falle ich lieber auf diese List herein und nutze sie, um den ganzen Fluss des Lebens und des weiblichen Lebens in mir zu spüren, als dass ich ein freudloses Dasein friste. Die potentielle Erfüllung ist größer als die zu erwartende Gefahr. Ich bin ganz entschieden opportunistisch: Wenn die Erotik mich regelmäßig wieder auf die Spur zu mir selbst führt, umso besser!

Vor der Aufnahmeprüfung an der Uni wollte ich die meiste Zeit flüchten, wollte aufgeben. Meine Freundin Hélène, die im Gymnasium nebenan auch in die Vorbereitungsklasse ging, war damals total verliebt in einen Jungen aus ihrem Kurs, und es kam überhaupt nicht in Frage, dass sie sich auch nur eine Minute des Unterrichts entgehen ließ. Gebunden an diese Liebe – aus der übrigens nie etwas wurde, auch wenn sie die Hoffnung nicht aufgab –, lernte sie unermüdlich, ohne je Zweifel an der Sache zu haben. Ihre außergewöhnliche Intelligenz, ihr Ehrgeiz, Zugang zu einer Geisteswelt zu bekommen, die ihr durch ihre Herkunft verwehrt worden war, wurden wach und in Schwung gehalten durch ihre Sehnsucht, Tag für Tag in der Klasse diesen schönen, geheimnisvollen Studenten zu treffen und mit ihm wieder über irgendein Unterrichtsthema oder über irgendeine existentielle Frage zu sprechen. Natürlich war sie manchmal auch traurig, weil sie nicht bekam, was sie von ihm wollte, aber immerhin hat Hélène in jenem Jahr – sie war achtzehn – als Drittbeste die Aufnahmeprüfung für das Lehramtstudium geschafft. Leider ist ihre männliche Muse, ihr *spiritus rector*, ihr nicht an die Uni gefolgt.

Und ich stelle noch eine dritte Hypothese auf, um dieses Phänomen zu erklären: Was diese schöne Unruhe schafft, dieses Aufwallen von Energie aus dem Nichts heraus, das Hélène klugerweise auch für ihre beruflichen Pläne zu nutzen verstand, muss die stille Anwesenheit eines Geschlechts sein, von dem der Körper der Frau immer latent träumt und das irgendwo am Horizont einen absolut überwältigenden Orgasmus verspricht, eine Ekstase, einen Höhenflug, eine gemeinsame Schwerelosigkeit – und dies durch den Kontakt der ganzen Körper, aber auch durch die Möglichkeit eines engen Ineinandergreifens der Körper an ihrem empfindsamsten und erlesensten Ort: Penis und Vagina. Ohne dass ich es in Worte fasse, tragen für mich alle Männer zu irgendeinem Grad das Versprechen eines absoluten Moments in sich. Und je nach dem, wie intensiv, wie anhaltend und wie sinnlich dieses Versprechen strahlt, steht mein Körper mehr oder weniger zur Verfügung. Die Aussicht auf Erfüllung kann gen null tendieren, so dass mein Körper sich schreckt und krümmt. Doch der ultimative Fluchtpunkt ist trotzdem immer das männliche Geschlecht, die Verheißung eines Orgasmus. Diese Perspektive macht alles, was man die meiste Zeit an Keuschem und Anständigem und trotzdem Schillerndem tut, lebendig und schön, denn darin spiegelt sich ein Höhepunkt.

Ich möchte dieses Funkeln lieber einfangen und diese strahlende Kraft für mich nutzen, als mich auf Distanz zu halten. Natürlich fände ich es befremdlich, wenn ich mich auf alle Schwänze stürzte. Dennoch ist dieses Geschlecht als Option immer vorhanden. Dieser Schatz. Diese Schönheit. Dieses Geheimnis, in dem sich das Leben verdichtet. Das Geschlecht ist die schönste aller Perspektiven. Es macht das Leben mystisch. Seine Präsenz lässt einen von Verbindungen träumen, in denen jede Distanz aufgehoben ist. Kann man ohne diesen Leuchtturm am Horizont leben … als Frau leben?

Ich bin eine Frau, und der Leuchtturm inspiriert und stimuliert mich unablässig, unerschütterlich stürme ich »zum Leuchtturm«.

Die Begegnung mit einem Mann ist die Begegnung mit einem möglichen Leben oder zumindest mit Teilen des Lebens, mit Momenten der Verständigung, des Teilens, der gemeinsamen Unternehmungen. Ein Energieaustausch, oft gepaart mit einer Übermittlung von Wissen. Der Mann, mit dem ich Umgang pflege, erfüllt mich auch durch seine Vorlieben, die Freiheiten, die er sich zu nehmen weiß, all die Orte, die er kennt und die er mir zeigen will. Eine Begegnung verheißt einen Horizont des Teilens. Nicht gering zu schätzen ist es, wenn ein Partner mir etwas darüber mitteilen kann, was es bedeutet, ein Mann zu sein (damit ich mich diesem Geheimnis nähere und es durchdringe). Aber der ultimative Horizont ist immer eine erfüllende Sexualität.

Aber es gibt nicht nur den Sex! Eine andere Qualität lässt einen Mann in meinen Augen außerordentlich erstrahlen: die Courtoisie. Männlicher Courtoisie erliege ich sofort. Ich verliebe mich in Sekundenschnelle. »Männliche Courtoisie?«, werden Sie mich nun vielleicht fragen. »Was verstehen Sie darunter?« Eine Mischung aus Freundlichkeit, vollendeter, selbstverständlicher Zuvorkommenheit ohne Angeberei und ohne Verklemmtheit, eine Geschmeidigkeit im Verhalten, die Art und Weise, mich als Frau anzusprechen, ohne gekünstelt verführerisch zu tun, und dabei dennoch respektvoll, interessiert, aufmerksam zu sein, immer liebenswürdig, niemals grob im Tonfall. Was reizt mich so an dieser raffinierten Mischung der Zutaten? Diese luftleichte Art und Weise, wie sich der Mann der Frau präsentiert und eine einladende Atmosphäre schafft, in der ich mich wohlfühle. Und dann diese Männlichkeit, so selbstverständlich, dass sie fast verblasst, aber dennoch ausreichend massiv, dass man sie wahrnimmt – eine Männlichkeit, die Worte und Gesten fein durchdringt, die ihre ganze Kraft daransetzt, sich selbst zu beherrschen und sich um den anderen zu kümmern. Ich werde übermannt. Ich schmiege mich in diese Atmosphäre, lasse mich gehen und schwebe wieder einmal … Dann kann ich lange über alles und über nichts reden, denn eine Unterhaltung langweilt mich nie. Im Gegenteil, ich will, dass sie andauert, dass sie sich ganz lange hinzieht!

Da ich hier alles sagen und ohne Umschweife meine Begeisterung für Männer schildern will, will ich auch eingestehen, dass ich trotzdem etwas gegen sie habe. Ich habe meine Zurückhaltung gegenüber Männern tatsächlich noch immer nicht ganz abgelegt. Denke ich an sie, kehrt manchmal wieder mein Misstrauen und mein früherer Eindruck von Unzugänglichkeit zurück. Manchmal bin ich sogar wütend auf sie, eins ergibt das andere, und dann bin ich böse auf sie oder verachte sie.

Ich fange so an: *Sie* (wie immer in solchen Fällen schere ich sie alle über einen Kamm) sind schwerfällig, unnahbar, distanziert, reserviert. Sie fühlen sich nur wohl, wenn es um Taten oder um Wissen geht, und sie scheuen sich immer, Gefühle auszudrücken. An dieser blöden Gewohnheit finde ich keinen Reiz, sie kann mich nicht milde stimmen. Sie ist schlechterdings vollkommen reizlos. Darüber kann ich nur schimpfen: Man kann sich einem Mann wirklich nur indirekt nähern, und auch dann braucht man bis zum Ziel eine unglaubliche Geduld. Man könnte den Mut verlieren und am liebsten alles hinschmeißen, das gebe ich zu. Ich steigere mich hinein, lasse mich davon mitreißen: Ich habe genug von den Männern, habe die Nase gestrichen voll; sie können nicht über sich sprechen, sie kennen sich nicht, sie erklären sich nicht. Sie sind mir unheimlich und ändern nichts daran! Sicherlich drücken sie sich durch das aus, was sie tun – und mir gegenüber sind sie auch manchmal großzügig –, aber sie erklären mir nicht, was ihr Tun für sie bedeutet, und ich bin sicher, aus Faulheit ist es ihnen lieber, wenn ich es errate. Aber wenn ich sie nicht verstehe, kann ich von ihnen auch nicht berührt werden! Immer muss ich ihr Verhalten deuten – wie ermüdend, wie wenig befriedigend. Von da aus komme ich leicht an den Punkt, dass ich sie für plumpe Tölpel halte, dass ich denke, sie wissen zwar etwas, aber es nützt ihnen nichts, weil sie ihr Wissen nicht kultivieren und sich somit selbst nicht kultivieren. Dann denke ich: Sie sind zwar aktiv, verhalten sich aber wie Automaten, weil sie nicht regelmäßig zurückschauen und nicht in sich selbst hineinblicken, um den Sinn ihres Tuns zu erfassen (»Sinn erfassen? Das kann ich doch nicht!«, hat einmal ein brillanter Akademiker ausgerufen, der sich für Philosophie und Literatur begeisterte). Sie sind eben Maschinen oder Tiere; manchmal beschwere ich mich lautstark bei ihnen, und manchmal werde ich sogar handgreiflich.

Also, ich bin so verärgert, bin so wütend auf sie, dass ich sie mit ihren eigenen Waffen schlagen will: Wissen, Kultur. Sie sollen sich mal kurz dieses Zitat von Hannah Arendt anhören: »Taten, die nicht von Reden begleitet sind, verlieren einen großen Teil ihres Offenbarungscharakters, sie werden ›unverständlich‹ [...]. Gäbe es darüber hinaus wirklich ein prinzipiell wortloses Handeln, so wäre es, als hätten die aus ihm resultierenden Taten auch das Subjekt des Handelns, den Handelnden selbst, verloren; nicht handelnde Menschen, sondern Roboter würden vollziehen, was für Menschen prinzipiell unverständlich bleiben müsste. Wortloses Handeln gibt es streng genommen überhaupt nicht, weil es ein Handeln ohne Handelnden wäre; [...] Erst durch das gesprochene Wort fügt sich die Tat in einen Bedeutungszusammenhang, wobei aber die Funktion des Sprechens nicht etwa die ist zu erklären, was getan wurde, sondern das Wort vielmehr den Täter identifiziert und verkündet, dass er es ist der handelt, nämlich jemand, der sich auf andere Taten und Entschlüsse berufen kann und sagen, was er weiterhin zu tun beabsichtigt.«

Wenn ich diese Zeilen lese, habe ich den Eindruck, eine Mahnung zu lesen, die an sehr viele Männer direkt gerichtet ist.

Ich treffe Pierre im Kino. Wir begegnen uns wie durch Magie, durch wiederholte Blicke und durch seine anbahnenden Worte, auf die ich sofort reagiere und ihm so zeige, dass ich nur *darauf* gewartet habe. Die Beziehung wird weitergeführt durch Briefe, bei Treffen in Cafés, Radtouren, hin und wieder trinken wir ein Glas Wein bei ihm zu Hause. Er ist geschäftlich viel auf Reisen und vergisst nie, mir Postkarten zu schicken, aus Russland, aus Argentinien … Beide haben wir Lust, uns näherzukommen. Trotzdem rege ich mich über ihn auf, weil er auf seinen Postkarten irgendwelche Fakten aneinanderreiht oder geschickt ein schmeichelhaftes Zitat oder einen Liedvers umdichtet. Das gefällt mir, und oft trifft er damit bei mir sogar mitten ins Herz, aber von sich selbst erzählt er nur wenig. Ich interpretiere: Ich möchte Ihnen nahe sein, Florence, komme aber nicht direkt auf Sie zu und bleibe vorsorglich auf der Hut! Der Mann ist unzugänglich, denn er ist nicht freiheraus.

Oder nehmen wir Matthieu. Wir begegnen uns zum ersten Mal in einem Kloster, wo wir beide mit unseren Familien Urlaub machen. Wir haben zahlreiche Gemeinsamkeiten: Beide sind wir Philosophielehrer und nicht besonders glücklich damit, beide gehen wir auf die vierzig zu, wir spielen mit dem Gedanken an einen Seitensprung, wir interessieren uns für den Katholizismus und mehr oder weniger auch für die Psychoanalyse, von Literatur gar nicht zu reden, und wir haben beide Freude daran, unsere Kinder großzuziehen. Eines Abends fangen wir Feuer bei einer ausgedehnten, erfüllenden und sehr persönlichen Unterhaltung. Leider lebt Matthieu in Lille – ich in Bordeaux – und weigert sich, E-Mails zu schreiben. Die Beziehung dauert an durch vereinzelte, aber vielversprechende Briefe; er schmückt seine Briefe immer mit Haikus. Jedes Mal schreibt er nur ein paar Zeilen: »Ich denke oft und intensiv an Sie.« – »Ich sehe Sie vor mir.« Ich weiß nicht, was ich von dieser Treue halten soll, die er so sparsam zum Ausdruck bringt. Vielleicht haben diese Nachrichten ihren Verfasser eine solche Anstrengung gekostet, über die ich mir überhaupt nicht im Klaren bin. Soll ich seinen Ruf nun erhören: »Ich weiß Ihnen nichts zu sagen, aber bitte sprechen Sie mit mir.«? Oder sollte ich besser seine Vorsicht heraushören: »Ich denke an Sie, aber halten wir Distanz.«? Jedenfalls ist das eine Art der Kommunikation, von der ich nicht das Geringste verstehe und die ich auch selbst nicht praktizieren kann: einsilbig, verhalten, bedeckt, prüde, in Andeutungen.

Ich müsste diese Sprache lernen, aber ich gebe zu, dass ich keine große Lust habe, mich da hineinzuknien, denn diese Sprache scheint mir ohne Zukunft. Ich hoffe geradezu, sie möge untergehen. Ich hoffe, Männer dieses Typs sind im Aussterben begriffen und werden durch andere ersetzt: empfindsamere, versiertere Männer, die in der Lage sind, Frauen zu berühren und mit ihrem Gegenüber in eine intime Kommunikation einzutreten, ohne sich hinter objektiven Tatsachen zu verschanzen. Dann könnten Männer und Frauen ihr Wissen austauschen, ohne sich bedroht zu fühlen. Aber selbst befreundete Männer unter sich sind noch unfähig zu persönlichen Gesprächen! Wie schade, dass sie so oft in ihrer Einsamkeit schmoren!

Zum Glück gibt es ermutigende Hinweise, dass der Fortschritt weitergeht, besonders bei meinen Schülern oder bei einigen Freunden, die ihre ganze männliche Kraft darauf verwenden, die Widerstände auf diesem Gebiet zu überwinden. Während ich also warte, bis es so weit ist, empfinde ich Mitleid und Zärtlichkeit für die Männer, die einen schwierigen Kampf ausfechten, um auszudrücken, wer sie sind und was sie fühlen. Ihnen nähere ich mich, so weit es geht, in der Hoffnung, sie bei ihrem historischen Schritt unterstützen zu können. Bei den anderen Männern schnappe ich mir eben hier und dort etwas von ihrer Präsenz und von dem, was sie mir zu bieten haben; ich nehme das mit, was mir am meisten Freude macht – und mixe mir einen belebenden Cocktail!

Was hingegen das Körperliche angeht, sind die Zeiten der Angst und des Ekels lange vorbei. Ich finde mittlerweile, der männliche Körper ist voller wunderbarer Details, und sein Geschlecht ist für mich wahrlich das Wunder aller Wunder. So wie man auch lernen kann, Wein zu schätzen, zu verkosten und seine subtilen Aromen herauszuschmecken, während man ihn zuvor nur wie ein saures, aber eben berauschendes Getränk konsumiert hat, so lasse ich mich nun immer wieder von einem neuen Aspekt des Männerkörpers verzaubern.

Manche Kinder mögen nur Limonade, und ich mochte früher den Körper eines Liebhabers nur, wenn er zart und ätherisch war. Mir scheint, durch meine Reife offenbaren sich mir nun große Reize, wenn er ganz nackt ist, völlig unverhüllt. Ich kann mich lange bei den Vertiefungen und Erhebungen aufhalten, kann den Konturen folgen, über große, offene Flächen streichen, den Rücken, den Bauch, kann die Beine kneten, um die muskulöse Festigkeit zu spüren, kann mit der Hand die Schultern umfangen und mit den Fingern über die Linien des Halses und über das Schlüsselbein streichen, über die Hinterbacken mit ihrer Mittelfurche, die direkt zum Perineum und schließlich zum Prunkstück des Ganzen führt: Glied und Hoden. Und ich kann meine Wange an den Schenkel oder an den Bauch schmiegen und die Landschaft des Geschlechts aus verschiedenen Blickwinkeln betrachten, kann es steif werden oder erschlaffen lassen, kann es mit den Händen oder mit den Fingerspitzen, mit der Nase, dem Mund und der Zunge berühren, kann mein Gesicht dort vergraben oder ein wenig Abstand halten, um den Blick aufs Ganze zu haben. Tausend Dinge eben, die Sie kennen … Aber vor allem kann ich mich daran weiden und mich ihm hingeben.

Jeder Männerkörper hat seine Vorzüge. Eine Frau mit einem geschulten, zärtlichen und scharfen Blick kann sie sehen und lange davon zehren. Oft finde ich, dass man Don Juan Unrecht tut, wenn man behauptet, für ihn seien Frauen nur Objekte oder er wäre nur auf Sex aus. Ich hingegen meine, er sieht so viel Schönheit in allen Frauenkörpern und kann sie so geschickt zur Geltung bringen, dass er ein Wohltäter der Menschheit ist. Don Juan findet alle Frauen unwiderstehlich, genau das sagt Leporello, Don Giovannis Diener, in der Registerarie der Mozart-Oper: Frauen jeder Gattung und Gestalt, schön und hässlich, jung und alt, Große, Kleine, Dicke, Dünne, gewichtige Damen und leichte Mädchen, alle. Eine jede hat ihren eigenen Reiz für den, der ein Auge dafür hat. Don Juan ist eine List der Natur oder der Kultur im Dienste der Frauen – sicherlich nicht, um sie im Alltag glücklich zu machen, aber um jeder Frau ihre einzigartige Schönheit vor Augen zu führen, was er umso besser kann, als er auch noch überaus erfahren ist. Er schenkt einer Frau zwar immer nur eine Nacht, aber schon in einer einzigen Nacht kann er ihr diese Erkenntnis vermitteln, und da alle Frauen schön sind, kann er sich nicht nur mit einer aufhalten. Man kann ihm nicht vorwerfen, dass er einer konkreten Frau nur wenig Zeit widmet, denn er ist der weiblichen Schönheit im Allgemeinen verfallen. Durch die Macht seines Blicks flirtet er eben gern. *Frau* sollte das lieber ausnützen, als ihn zu verfluchen.

In meinen kühnsten Träumen stelle ich mir vor, für Männer solch eine Frau zu sein, eine vielseitige Frau, die eine üppige Anzahl Männer wunderbar findet. Ich träume davon, so hellsichtig zu sein und weit entfernt von den schweren Geschützen, die auf Unterschiedlichkeiten, auf einzigartige, unverhoffte Details gerichtet sind. Aber dazu habe ich nicht die Mittel. Ich muss bescheiden bleiben. Erreichbar ist für mich schlicht und ergreifend nur, Passanten zu beobachten und in aller Stille von ihren Körpern zu träumen.

Iouri lässt mich seinen Körper ohne Tabus in allen Einzelheiten betrachten. Wir sehen uns an, um uns anzusehen. Wir berühren uns, um uns zu berühren. Nur Lust. Kein Sex.

Iouri will nicht mit mir schlafen, obwohl ich ihn schon oft flehentlich darum gebeten habe. Gegen diese Zurückweisung hat sich meine Vagina zuerst beharrlich gewehrt, ich spürte, wie sie sich auflehnte, ihre Frustration hinausschrie, wie sie diese unduldbare Willkür anprangerte und ihr drängendes Verlangen zum Ausdruck brachte. Mir kann keiner mehr weismachen, dass weibliche Begierde nicht wild und gebieterisch sei! Vor lauter Verlangen bin ich vor Iouri schon mehrmals explodiert, einmal bin ich in Tränen ausgebrochen, andere Male hatte ich heftige, überwältigende Orgasmen. Ich weiß nun, dass eine Frau nicht wirklich penetriert werden muss, um zu kommen. Ich hatte den Beweis, dass *sie* ohne jede körperliche Berührung, nur durch das Strömen der Lust zum Orgasmus kommen kann. (Der weibliche Körper ist wirklich großartig! Welche Wirkung kann dann erst ein Mann direkt auf ihn haben!) Zum Glück gab es auch viele Tage, an denen ich mich Iouris Argumenten gern gebeugt habe. Ich war gerührt von seiner Gelassenheit, auf die ich mich verlassen kann. So waren unsere Treffen weiterhin möglich, und wir konnten die

Arbeit fortführen, die am Anfang unserer Begegnung stand (Iouri gibt mir Russischunterricht), bis meine Vagina dann eines Tages nach einem besonders erfüllenden und tiefgehenden Gespräch plötzlich ihre präzisen Forderungen aufgab und sich die ganze Energie, die sie gebündelt hatte wie ein Dieb, der fürchtet, um seine Beute gebracht zu werden, in meinem ganzen Bauch ausbreitete. Ich fühlte mich so wohlig und entspannt wie nach einem tollen Orgasmus. Als würde mein Körper zu einer geräumigen Höhle, die Gefühle und Sinnlichkeit aufnimmt. Nunmehr wird kein Wunsch des Umgangs miteinander im Keim erstickt, nun muss ich nicht mehr an einer bestimmten Stelle penetriert werden, es gibt keine festgelegten Kreisläufe mehr, auch muss niemand mehr absichtlich eingreifen. Nun können mich nach Belieben die unterschiedlichsten Freuden überkommen, je nach den Launen der Umstände und je nach dem, wozu ich Lust habe. Eine herrliche Befreiung! Der Beginn einer neuen Empfänglichkeit, die nun noch erlesener ist.

Iouri ist jedoch damit einverstanden, dass wir uns ausziehen, uns berühren und streicheln. Ich aale mich in dieser Freiheit und habe den Eindruck, im Erwachsenenalter noch einmal das erleben zu können, was ich als vierjähriges Kind mit meinem kleinen Cousin genossen habe: zwei Körper, die sich ohne konkrete Absichten gegenseitig entdecken, zwei Wesen, die zärtlich zueinander sind und dabei nicht auf Sex mit seinen Forderungen und seinem Drängen aus sind, zwei Geschöpfe, die noch nackter sind, als wenn sie nur ausgezogen wären, denn sie wollen sich nicht aufreizen, sondern sich nur gegenseitig ihrer Existenz versichern. Sich ansehen, kennenlernen, wiedererkennen, ohne sexuelle Erregung. Zwei eindeutig geschlechtliche und völlig unschuldige Körper (nicht, dass Sexualität nicht unschuldig wäre, aber sie trägt eine Spannung in sich; Sexualität ist nicht missbräuchlich – das Gegenteil von unschuldig –, aber sie bringt eine Art Bewusstseinsverlust mit sich, eine Beschleunigung im Verhalten, durch die gelassene und schlichtweg zärtliche Liebkosungen nicht mehr möglich sind). Unsere beiden Körper berühren sich, geben sich dem Vergnügen hin, allerdings an der Oberfläche; Iouri nähert sich meinen Lippen nicht, er dringt auch nicht ein. Sein Glied sorgt nicht für meine Lust, dennoch ist es mir genauso willkommen – für eine lange, genüssliche Zeit.

Diese Haut-an-Haut-Beziehung rührt mich zutiefst. Es entsteht eine großzügige, fast selbstverständliche Vertrautheit. Ich spüre, wie mich Frieden überkommt, wenn ich mich an ihn schmiege, und eine unbändige Lust, mich seinem Blick hinzugeben. Während ich mich selbst oder ihn ausziehe, habe ich das

Gefühl, dass wir uns einander offenbaren, dass wir unsere Seelen enthüllen. Ich glaube, dass ich mich befreie, dass ich leichter werde. Dann und wann steht er auf, nackt, und ich sehe die weite Fläche seines Rückens bis hinunter zu den Lenden, dann seinen Hintern, und lasse meine Augen über dieses große Ganze schweifen. In meiner Brust formt sich ein breites Lächeln. Ich bin hingerissen von seinen Schultern, die breit sind, aber nicht hart. Wenn ich sie betrachte, erinnere ich mich manchmal an die Schultern eines ehemaligen Geliebten, die mir so gefielen, dass mich schon bei ihrem Anblick ununterdrückbare Lust durchströmte. Was mich immer besonders in Ekstase brachte, war, sein Hemd am Hals leicht anzuheben, nachdem ich vielleicht ein, zwei Knöpfe geöffnet hatte, und unter den Stoff zu spicken, wie man unter die Bettdecke oder durch einen Türspalt blickt. Diese Enthüllung – so wie ich sie wahrnahm – brachte mich immer unfehlbar aus dem Häuschen. Bei Iouris Schultern finde ich die gleiche Verbindung von geschmeidiger, warmer Rundung und Weichheit, die mich so begeistert.

Ich möchte Iouris Schultern noch oft ansehen.

Durch einen Pakt, der nur mit einem Kopfnicken, einem Wimpernschlag, aber wie durch eine ausladende spontane Geste in zunehmendem gegenseitigem Einverständnis besiegelt wurde, ziehen wir uns unverhofft auf einer Schaumstoffmatte aus. Weit öffne ich Augen und Hände. Alles an ihm erscheint mir wie ein leidenschaftlicher, wunderbarer, vielversprechender Plan, dem ich folgen will. Alles: die feine Struktur seiner Haut, die unregelmäßige Verteilung seiner Körperhaare, die Andeutung der Brustwarzen auf seiner breiten Brust, die sanfte Rundung der Schultern, die sich spiralförmig in seinen gewölbten Armmuskeln fortsetzt, das wilde Pulsieren der Halsschlagader, der akzentuierte Übergang vom Rücken zum Hintern, die Konstellation seiner Leberflecke, sein starker Nacken, seine kraftvollen Schenkel, die vielen grandiosen und bewegenden Vorgänge in seinem Schoß, die bequeme Fülle seines Bauchs. Alles. Ich will alles bis in die kleinste Kleinigkeit mit den Augen verschlingen. Und was mich vielleicht am meisten fasziniert, ist die Freiheit, gemeinsam nackt zu sein, ohne etwas Konkretes vorzuhaben.

Oft weiß ich gar nicht so recht, was ich in der begrenzten Zeit, die uns zur Verfügung steht, aus dieser Fülle auswählen soll (wir können den Raum nur eine bestimmte Zeit lang nutzen, und so sehen wir immer wieder auf die Uhr), also konzentriere ich mich auf die Stellen, die noch hinreißender sind als andere, und frage mich, wie ich es je schaffen soll, meine Augen wieder davon loszureißen und sie weiterwandern zu lassen. Wenn ich eine bestimmte Stelle ansehe, vergesse ich nämlich nie, dass auch andere Stellen im Schatten schimmern. Ich bin unsicher wegen meines Körpers – ob er nicht zu mager, zu hart ist –, aber ein paar schmeichelnde Worte von Iouri genügen, dass ich mich auch selbst wunderbar finde, erfüllt von dem Gefühl, ich zu sein in der Geborgenheit dieser geteilten Nacktheit, dieser Nähe. Einmal habe ich mich auf ihn gelegt, mein Rücken und mein Po lagen auf seiner Brust und seinem Schoß, ich reckte die Arme weit nach hinten wie beim Rückenschwimmen oder als wäre ich ein Ruder und er das Boot. Langsam streckte er seine Hände aus und nahm die meinen, legte sie zurück auf unsere übereinander liegenden Oberkörper und kreuzte unsere vier Arme auf meiner Brust. Ich sage, unsere Begegnung und unser Abenteuer seien außergewöhnlich, er antwortet, sie seien eher die Norm: Die Menschen müssen dazu nur wenige Schritte machen. Während wir uns wieder anziehen, weil die Zeit um ist, fühle ich meinen Körper vollauf bestätigt, versichert: Ja, ich liebe Iouri, ich hätte immer noch Lust auf ihn, aber vor allen Dingen liebe ich die Männer, denn ihre Körper, ihre Arme, alle ihre Körperteile eröffnen mir das Paradies.

Eine Sache wühlt mich noch mehr auf – nein, nicht

mehr, sondern genauso wie alles andere, aber eben sehr: wenn Iouri sich auf mich legen möchte, auf meinen Bauch oder auf meinen Rücken. Ich sehe ihn nicht, ich schließe die Augen und gebe mich diesem Gefühl hin. Wir bewegen uns nicht, wir atmen lediglich gemeinsam, in gespannter Erwartung dessen, was kommt, was geschieht, und lassen uns gehen. Jedes Mal spüre ich, wie jegliches sexuelles Verlangen in mir besänftigt wird, als hätten wir das absolute Äquivalent zur Penetration gefunden, als würde genau diese völlig entspannte Nähe unsere einzigartige Beziehung symbolisieren. Zwei Dinge begeistern mich an dieser Stellung: zum einen, dass ich erstaunlicherweise nicht das Gefühl habe, erdrückt zu werden, wo Iouri doch sehr viel mehr wiegt als ich; ich fühle mich einfach nur schön umhüllt wie von einer weichen Decke, fühle mich gehalten, geborgen, nie aber bedrängt. Zum anderen dieses wundervolle Gefühl, ganz oben an meinen Schenkeln Iouris Glied zu spüren, das nur ein wenig steif ist, es liegt ganz ruhig da und gibt sich hin. Dieses umfassende Gewicht auf meinem ganzen Körper und diese angenehme Leichtigkeit genau in der Körpermitte. So viel Männlichkeit.

Ansichten des Männlichen

Haarbilder.

Lange Zeit gefielen mir behaarte Männer nicht. Eine starke Behaarung trug oft heftig dazu bei, in mir diese Mischung aus Angst und Ekel zu verstärken, über die ich schon gesprochen habe. Männer mit glatter Brust habe ich mit Lust angeschaut, sie kamen mir als Einzige nicht »vulgär« vor, und ich fand, nur sie könne man wirklich berühren, während ich bei behaarten Männern den Eindruck hatte, sie wären nie ganz entkleidet. Doch jetzt kommen mir unbehaarte Männer ein wenig fade vor, sie haben für mich sehr viel von ihrer Attraktivität verloren, sind mir zu untypisch und zu glatt. Stattdessen finde ich Haare nun reizvoll, liebkosenswert, sie sind in meinen Augen eine würdige Körperzier. Haare sind mehr oder weniger kräftig, mehr oder weniger weich, und vor allem prüfe ich am Strand oder im Schwimmbad gern, welches einzigartige Muster sie auf jedem Mann zeichnen. Üppige Büschel auf der Brust, die am Bauch völlig verschwinden. Eine feine Linie, die sich von der Brust zum Schambein hinunterzieht. Eine Raute aus leicht krausem Haar genau in der Mitte zwischen den Brustwarzen, in der Vertiefung zwischen den Brustmuskeln. Haarbilder wie geritzte, plastische Tätowierungen. Ihre Vielfalt ist außerordentlich, der unbehaarte Mann wird von der bewundernswerten Ausnahme zum Sonderfall in dieser Fülle der Formen. Das Adamskostüm bekommt somit seine wahre Bedeutung. Die Kleidung verbirgt bei einem Mann den Großteil seiner Behaarung; das macht sie so reizvoll. Die Körperform kann man leicht unter den Kleidern erraten, aber die Haare verstecken sich darunter so gut, dass sie die schönste Überraschung sind, wenn der Mann sich auszieht. Die Gesamtansicht, seine Figur, ändert sich dadurch enorm, genauso wie auch die Geografie der Liebkosungen. Bei einem unbehaarten Körper kommt dieser Unterschied nicht zu Tage. Aber das ist vielleicht Haarspalterei …

Ich beneide sie um ihren kräftigen Körperbau.

Selbst ein schmächtiger Mann ist kräftiger als ich. Diese männliche Kraft sehe ich gern in Aktion, ich genieße sie auch, wenn mich zum Beispiel ein Mann trägt oder mir bei einer körperlichen Arbeit hilft, die er besser beherrscht als ich. Aber vor allem beneide ich ihn. Gern würde ich das Wesen seines Körpers, ja auch seine Form in mich aufsaugen. Ich möchte nicht so muskulös sein wie ein Mann, aber ich würde mich gern so kräftig fühlen wie er. Ich wäre gern so groß wie die Größten, würde gern die Welt aus dieser Höhe sehen. Wenn ich mit meinem Sohn und seinen Freunden durch die Straßen gehe, bin ich immer verblüfft von ihrer ungenierten Art; sie hüpfen, sie rennen, sie klettern, machen hohe, weite Sprünge, wie ich es bei meinen Töchtern nie gesehen habe. Ich hätte gern diesen wilden Rhythmus und diese Energie, die aufwallt und wieder verebbt, die sich nicht zügeln lässt, diese Energie, die Jungs so überreichlich zu haben scheinen. Ich hingegen werde schnell müde. Im Schwimmbad sah ich einmal lange einem Schwimmer zu, er war wirklich außergewöhnlich, ein wahrer Herkules, er legte die 25-Meter-Bahn mit vier, fünf Armzügen und mit einer solchen Leichtigkeit zurück, dass man meinen konnte, er hätte sich nur vom Beckenrand abgestoßen und wäre ans andere Ende geglitten. Um diese Kraft habe ich ihn beneidet: Auch ich hätte gern eine solche Energie. Vielleicht stelle ich mir in Gesellschaft eines Mannes immer vor, dass er diese Kraft auf mich überträgt, indem er lediglich mit mir in einem Raum ist oder einfach nur mit mir spricht.

Das Geschlecht (1): der bewegendste Trumpf des Mannes.

Catherine Breillat hatte die spannende Idee, in ihrem Film *Anatomie de l'enfer [»Anatomie der Hölle«]* von der Angst der Männer vor dem weiblichen Schoß zu erzählen, dem Schoß, aus dem sie gekommen sind und in den sie regelmäßig wieder hineinwollen. So etwas könnte ich auch über mich sagen: Das männliche Geschlecht zog mich an, ich konnte mich aber nicht dazu überwinden, es zu betrachten, und der Umgang mit einer Körperöffnung oder deren Nutzung geschah sehr oft mehr oder minder blind durch den betreffenden Menschen. Ich habe meinen Mund oder meinen Schoß oft für ein Glied geöffnet, aber erst seit Kurzem richte ich meinen Blick lange und bewusst auf diese äußerste Spitze. Was habe ich dadurch gewonnen? Zunächst einmal war es ein Gewinn an Empfindung – ein zusätzlicher Sinn wurde mobilisiert, der nicht zu unterschätzen ist, und das zeigt, in welchem Maß der Penis für die Frau eine Quelle vielfältiger Erfahrungen ist. Sozusagen eine Welt für sich.

Aber das ist nicht alles, und vielleicht ist es auch nicht das Wesentliche. Wenn zu Schmecken und Berühren noch der Blick kommt, hat das grundlegende Konsequenzen. Welche? Ich würde sagen, die Betrachtung ist selbstloser; sie vermittelt mehr Anerkennung als andere Praktiken. Wenn man jemanden streichelt, streichelt man sich gleichzeitig selbst, und das ist ja auch das Schöne an der Liebkosung: Die Berührung ist immer gegenseitig. Beim Schauen dagegen widmet man sich dem, was man ansieht, mit mehr Distanz. Streicheln durch Berühren oder mit dem Mund Schmecken sind Gesten, die noch sehr nah am Konsumieren sind, auch wenn sie das Geschenk in sich tragen, dem anderen eine Freude machen zu wollen. Das Schauen ist ein sehr viel umfassenderes Geschenk, eine Handlung, die noch mehr reine Freude und Erregung schenkt: Schauen schenkt dem Angeschauten individuelle Anerkennung seines Seins, es ist ein Akt, der von Respekt zeugt. Wenn man das Geschlecht ansieht, hat das eine immense Bedeutung, denn damit erkennt man den Menschen als geschlechtliches Wesen an. Man erkennt so einen wesentlichen Punkt seiner Identität an.

Man könnte mir vielleicht vorhalten, dass es mir doch selbst echte, große, andauernde und unverzichtbare Lust bereite, das Geschlecht meines Geliebten anzusehen, dass ich mich diesem Anblick hingebe und dass ich daher gar nicht so selbstlos bin: Der Anblick erfüllt mich, ich genieße ihn unendlich. Darauf antworte ich nur: Diese Freude ist zwar unverzichtbar für die Anerkennung, die ich ihm als geschlechtliches Wesen schenke, aber sie erschöpft sich darin nicht. Wenn es mir keinen Spaß machen würde, ihn anzusehen, könnte sich mein Geliebter nicht anerkannt fühlen, aber ich will daraus nicht nur Freude ziehen, sondern ihm auch zeigen, in welchem Maß ich sein Mannsein schätze. Meine eigene Lust verhindert diese Anerkennung nicht, sie bringt mich nicht sofort in Erregung und zum Orgasmus. Mehr als andere Freuden erlaubt sie mir, lange in dieser fundamentalen Huldigung zu verweilen: Du bist ein Mann, und ich als Frau verkünde es dir! Das Geschlecht anzusehen ist eine Verkündigung.

Ein aufgewecktes Mädchen ehrt Herkules.

Einmal habe ich im Musée d'Aquitaine gesehen, wie ein kleines Mädchen mit der Hand Glied und Hoden des schönen Herkules erkundete, eines der Meisterwerke der Sammlung von Bordeaux; das Mädchen hatte bereits einen sehr erlesenen Geschmack. Dieser wunderbare Herkules thront in der Mitte des Saals, wie sein Gemächt in der Mitte seines muskulösen, kraftvollen Körpers prangt. Glücklicherweise ist seine Keule abgefallen, und sein Penis ist mit der Zeit erodiert und ist nur noch ein kurzer Stummel, was der Figur sehr viel Zartheit verleiht. Das kleine Mädchen schien mit einer Mischung aus Ernst und Schalkhaftigkeit zu bekräftigen, man solle doch nicht so tun, als sei das Geschlecht nicht vorhanden – wo es doch so hervorsteht, dadurch ganz natürlich betont wird und sich wie selbstverständlich in Szene setzt –, sondern ihm, ganz im Gegenteil, alle Aufmerksamkeit widmen, die es verdient. Wie das Gesicht zieht auch das Geschlecht des Mannes den Blick auf sich, und das Mädchen nahm dies zur Kenntnis, ohne einen Hehl daraus zu machen, und begleitete die Berührung mit dem Blick. Ein tapferes, mutiges Mädchen! Und die wundervolle Mutter ließ das Kind nach Belieben machen, ohne Ausflüchte, ohne ausufernde Kommentare; sie ging nur insofern darauf ein, als sie einfach sagte, das Geschlecht des Mannes habe tatsächlich eine erstaunliche Form und sei auch sehr interessant zu erkunden! Und genauso spontan überließ sich das Mädchen dann wieder anderen Betrachtungen.

Durch die Vorurteilslosigkeit der Mutter hat das Mädchen an jenem Tag gelernt, dass nichts dabei ist, das Geschlecht eines Mannes anzusehen und zu berühren, zumindest wenn sein Träger einverstanden ist – Herkules schien es jedenfalls nicht verdrossen zu haben. Das Mädchen hat gelernt, dies sogar als ein legitimes und ganz universelles Bedürfnis zu sehen, als einen hehren und absolut berechtigten Wunsch. Es hat gelernt, dass diese große Neugier umso erklärlicher ist, da das Geschlecht des Mannes ganz anders ist als das Geschlecht der Frau und gleichzeitig für sie völlig unverzichtbar. Das Mädchen hatte großes Glück, dass es seine sexuellen Erkundungen bei einem Gott beginnen konnte! Sie hat bereits entdeckt, dass ein Glied etwas Göttliches hat. Sie konnte ahnen, dass eine Frau durch diesen Hebel in den Himmel gehoben wird. (»Gott« ist für mich alles, was uns schweben macht.)

Daher sind diese Faszination und diese Zärtlichkeit, die durch den Blick ausgedrückt werden, in einer Liebesbeziehung für mich die schönste Ehre, die man einem Mann schenken kann. Ich weiß, wovon ich spreche, auch ich habe diese Erfahrung gemacht: Mit absolutem Wohlwollen und ohne Scham bis hin zu den Tiefen meines Schoßes angeschaut zu werden, war für mich eine wahre Taufe.

Einen Mann zu lieben, ohne auch sein Geschlecht zu lieben, es anzusehen, lange anzusehen, mich daran zu weiden, genügt mir nicht mehr. Mich an einem Mann zu freuen, ohne dass ich mich an dieser Betrachtung erfreuen kann, ist nichts mehr für mich.

Männer zu lieben heißt für mich zu postulieren, dass sie ganz viele Wunder in sich tragen, wobei das herausragendste Wunder ihr Geschlecht ist.

Das Geschlecht (2): Es richtet sich auf und richtet sich an jemanden.

Meine Begeisterung für den Penis kommt durch sein ganzes Wesen, aber natürlich vor allem durch seine ureigene Fähigkeit, die Erektion. Sie ist nicht alles, aber meine Bewunderung gilt ihr nicht umsonst. Es gehört schon etwas dazu, Umfang und Konsistenz in einem solchen Maß zu verändern. Ich weiß, dass diese Metamorphose von einem psychischen und physischen Prozess eingeleitet wird und dass man ihn wissenschaftlich beschreiben kann. Aber das mindert meine Faszination nicht. Zunächst, weil ich aus Erfahrung weiß, dass dieser Prozess auch ausbleiben kann und immer eine sensible Angelegenheit ist. Und so präzise die Schilderung der Flüssigkeiten, die in diesem schmalen Fleischröllchen aktiv sind, auch sein mögen – das Immaterielle spielt dabei doch eine große Rolle: Gedanken, Fantasien, Begierde, inneres Wohlbefinden, Verliebtheit. Die Erektion verhält sich genau umgekehrt wie das Denken: Hinter dem Denken verbergen sich Neuronenverbindungen und all die chemischen Prozesse, die es bedingen. Das Denken zeigt sich nur als immaterielles Phänomen, nämlich in der Sprache. Die Erektion hingegen verbirgt den Fluss von Vorstellungen und Gefühlen und präsentiert sich vor allen Dingen wie eine geniale Maschine, die Heldentaten vollbringt. Dennoch ist es beileibe kein bloßer Reflex. Und auf seine ihm eigene Art spricht der Penis mittels seiner Erektion. Wie gerne hätte ich ein so feines Gehör!

Ich bin sicher, egal welche noch so kleine Stelle man am menschlichen Körper aus nächster Nähe betrachtet, man ist für den Rest seines Lebens beeindruckt; aber bestimmte Phänomene sind für Unwissende wie mich eben spektakulärer und mehr mit Leben und Sinn gefüllt als andere. Die Entwicklung eines Embryos raubt einem mit ihrer Unausweichlichkeit, ihrer Schnelligkeit und auch mit ihrer Selbstverständlichkeit den Atem, denn alles verläuft so, als wäre gar nichts Besonderes vonnöten, damit sich dieses unvorstellbare Ereignis vollzieht: die Herausbildung eines neuen Menschen, der alles hat, was man zum Überleben braucht. Na, und die Erektion fällt eben in dieselbe Kategorie: Sie ist eine spektakuläre Metamorphose, die ganz einfach erscheint, wenn sie sich vollzieht, so einfach, wie wenn man jemanden grüßt. Aber auch wenn man ein Phänomen erklären kann, so bleibt es dennoch ein Wunder. Die Erektion ist ein alltägliches Wunder, sie ist eine bescheidene Kraft, eine Gunst, die sich auf die Erde senkt, eine Gunst für meine Vagina. Sie ist für mich da, ohne dass ich mich ihrer würdig fühlte, ohne dass ich sie verdiente, sie ist das Mysterium der Veränderung von Materie, ohne dass man etwas dazutut, eine Verwandlung wie durch Zauberhand. Es ist ein wenig so, wie wenn Männer Frauen dafür bewundern, dass sie ein kleines Wesen austragen, das am Anfang kleiner ist als ein Stecknadelkopf und nach wenigen Monaten im Uterus schon drei, vier Kilo wiegt. Und ich denke, jede Frau muss ganz einfach genauso überwältigt sein, wenn sich das Wunder vollzieht und sich dieser kleine Fleischfortsatz, dieses Fleischröhrchen zu einem wahrhaftigen Glied ausdehnt, das zusätzlich noch der Schwerkraft trotzt!

In diesem Sinne birgt jeder Mann einen Zauber, ein Geheimnis und ein inneres, bewegliches Wissen in sich, die meinen Respekt und all meine Bewunderung hervorrufen, natürlich nur, wenn der Mann sein Geschlecht nicht obszön oder gewaltsam einsetzt.

Allein dieses Spektakel ist schon unendlich erfüllend. Allein dieser Gedanke ist betörend. Schon allein dieses Geheimnis ist verführerisch. Wenn der Mann vulgär und angeberisch ist, ist das natürlich lächerlich. Aber warum sollte man vulgär sein, wenn man großartig ist? Warum sollte man angeben, wenn man ohne zusätzlichen Aufwand vortreten und sich darbieten kann? So würde wahre Größe ja ins Groteske und die Gabe in eine eitle Inszenierung kippen. Es wäre schlicht und ergreifend ein Sakrileg. Doch wenn sich das Schauspiel ohne ausufernde Selbstgefälligkeit oder Verschämtheit vollzieht, gibt es wohl kaum etwas Faszinierenderes. Ich glaube wirklich, dass es kein schöneres Geschenk geben kann. Es ist sogar das Geschenk schlechthin. Könnte man mir etwas Tolleres schenken – und dann auch noch in dieser Bescheidenheit –, als dass es sich an mich als an diejenige richtet, die dies verursacht? Dieses Über-sich-Hinauswachsen des Mannes, dieses Herausquellen seines Fleisches, diese sichtbare Konzentration seiner Energie, die Zirkulation seiner Körpersäfte, die gleichzeitig verhindert, dass diese zurückfließen, das Zurückschieben der Vorhaut, die Offenbarung der Eichel, die Schwellung der Adern, die sich wie ein Fries über die Penisoberfläche ziehen, die Aufrichtung des Glieds – all das ist so wundervoll und so aufregend, dass ich, wenn ich dabei zusehe, nur immer sagen kann: »Was für ein Wunder! Herrlich! Wunderbar!« So geht es mir auch angesichts gewisser grandioser Panoramen der Natur, für die ich keine Worte finde und sie deshalb einfach nur überwältigt, ja verblüfft betrachte. Erhebend! Und wenn ich dann auch noch bedenke, dass ich etwas mit diesem Prozess der wunderbaren Brotvermehrung zu tun habe, mit dieser Flut des Blutes, dieses Weins, der die tolle Eigenschaft hat, in Strömen zu fließen und sich an der richtigen Stelle zu sammeln, dann fühle ich mich tief geehrt. Verzaubert von dieser Erfahrung. Welche Ehre könnte größer sein, welche Ehre tiefer?

Selbst wenn es ruht, zeigt sich, präsentiert sich mein Geliebter durch sein Glied. Er kann sich nicht verstecken. Wie gesagt, selbst wenn es ruht, denn das Volumen wird durch die Hoden verdoppelt, und sie sind größer, wenn das Glied schlaff ist. Das kleine Mädchen, das Herkules' Geschlecht so liebevoll gestreichelt hat, hat es begriffen: In gewisser Weise sieht man nur das Geschlecht des Mannes. Dass man sich zeigt, erfordert immer großen Mut, denn man muss damit rechnen, dass man zurückgewiesen, kritisiert, abgelehnt wird; daher bin ich immer voller Anerkennung, wenn ich einen Mann sehe. Das Glied ist von Natur aus ein Geschenk. Die Kultur hat es so eingerichtet, dass wir die Augen abwenden; das hat Vorteile, aber die Natur scheint doch dafür zu sorgen, dass dieses Geschenk unsere Blicke auf sich zieht. Mich rührt der Penis an, denn er kann sich nicht der Gefahr entziehen, beurteilt zu werden, schon gar nicht, wenn er steht – und noch weniger, wenn er nicht steht! Ich möchte ihm gern das Wohlwollen, das Taktgefühl und auch die Diskretion entgegenbringen, die er verdient. Früher hat es mich unsicher gemacht, und ich habe es missbilligt, dass das Geschlecht des Mannes von seinem Körper absteht, heute ist diese Tatsache für mich das Tollste überhaupt. Meine Sicht des Körpers hat sich umgekehrt. Das Geschlecht des Mannes verlangt genauso viel Respekt wie sein Gesicht – alles, was sich nach außen zeigen muss, verdient Respekt.

Das Geschlecht (3) mit den Eiern, ja, auch die Eier.

Ich finde nicht nur das Glied reizvoll – da sind auch noch die Hoden, sie gehören zur Gänze dazu. Ich möchte nie mehr den Fehler machen, sie zu vernachlässigen. Die Etymologie bestärkt mich übrigens in meinem Entschluss: Testikel kommt von lateinisch *testis,* das zum einen »Hode«, zum anderen »Zeuge« bedeutet. Die Hoden zeugen von der Männlichkeit. Ich glaube mich zu erinnern, dass Catherine Millet schrieb, sie nehme sie ganz in den Mund. Aber diese Frau ist eine Akrobatin der Körperöffnungen, eine wirklich große Künstlerin.

Früher habe ich nicht darauf geachtet, ich maß ihnen noch weniger wirkliche Bedeutung bei wie dem Glied selbst. Nun betrachte ich sie eingehend und entdecke, wie sensibel und veränderlich auch sie sind. Sie haben den Reiz der Rundung, der Symmetrie, die sich oft verschiebt, und den Reiz des Gewichts, wenn man sie mit der Hand abwiegt. Man könnte meinen, sie wären ein Sockel, ein Rahmen oder auch ein Kissen für das Glied, aber manchmal, wenn ihr Besitzer liegt, sieht man, wie diese beiden Teile sich voneinander lösen und sich ein jedes auf seine eigene Seite neigt. Diese gelassene Demonstration unterschiedlicher Interessen vermittelt ganz den Eindruck von Entspanntheit, von Ferien, Freizeit, von Ruhe. Von all ihren Eigenschaften gefällt mir am meisten ihre Geschmeidigkeit, gepaart mit ihrer Beweglichkeit; wunderbar finde ich auch ihre vitale Funktion, denn ich weiß ja, dass dort das Leben entsteht. Die Hoden sind nicht das Glied, weil sie nicht in mich eindringen können, ich kann sie also nicht so tief und auch nicht auf so mannigfaltige Art und Wiese in mir spüren wie den Penis, aber sie gehören eben auch zum sexuellen, zum genitalen Bereich des Körpers. Und so liebe ich sie wie Geschwister oder Cousins des Glieds, das für all meine Sinne ein explodierendes Feuerwerk ist und bleibt. Die Hoden sind die Gehilfen, die nächsten Nachbarn. Und diese Nachbarschaft betrachte ich immer lange, ich sage den Testikeln gern in der Sprache, die sie verstehen – Küsse und Liebkosungen –, wie wunderbar ich sie finde.

Raphaël (1), zeig's mir!

Ich betrachte das schöne Glied meines Geliebten Raphaël, so wie es ist, es ist hier, es steht ein wenig, aber noch nicht ganz, ich betrachte es, so wie es ist. Mein Gott, wie reizend es ist, wie sehr gefällt es mir in seiner Zartheit, seiner Ruhe! Und seine Kompagnons, die Testikel, bekräftigen das Zeugnis seiner Männlichkeit noch, sie bringen es zur Geltung und betonen es. Raphaël gibt sich hin, und ich sinne über diesen bezaubernden Anblick nach. Glied und Hoden sind wirklich ein Paar, sie passen sehr gut zusammen. Es ist eine wundervolle Mischung. Das Glied allein, das würde nicht gehen, das wäre zu jäh, zu einsam, zu abgetrennt. Man braucht auch die Säckchen, um das Ganze abzurunden, es umfangreicher und ansehnlicher zu machen. Ich betrachte die Hoden, ich hebe den Penis ein wenig an, um sie allein zu sehen. O ja! Schön, wie sie so glockig fallen, nach unten hin sind sie gut gefüllt, oben gut befestigt. Sie können eine Vielzahl von Formen annehmen. Unter den Härchen verbergen sie sich ein bisschen, ziehen sich darunter zusammen. Ich mag ihre Flexibilität. Sie stellen ihre Kraft nicht zur Schau. Sie bewahren in gewisser Weise Gelassenheit, und diese Zurückhaltung weiß ich zu schätzen. Sie schmücken sich vereinzelt mit langen Haaren, die ihnen mehr Volumen verleihen, eine zusätzliche, duftige Rundung. Auf dem Glied ist kein einziges Härchen, alles ist glatt und so zart. Was für ein augenfälliger Kontrast zwischen den beiden Teilen. Man kann würdigen, wie virtuos ihr Zusammenspiel arrangiert ist. Ich mag Raphaëls Glied so, wie es nun ist – noch ein wenig weich, aber schon wird es steif, es streckt sich, schwillt in der Mitte an wie ein Etui, dessen Inhalt ungleich groß ist, vorn wird es schmäler und endet in einer Spitze, seine Vorhaut zieht sich zurück, aufgeworfen wie ein Schmollmund, und manchmal sondert es einen durchsichtigen Tropfen ab.

Ha, Raphaël scheint es zu gefallen, wie ich sein Glied ansehe und es gleichzeitig leicht mit den Fingern berühre, denn es wird nun ernsthaft hart, reckt sich und richtet sich auf. Es kommt aus der Reserve, es macht sich bemerkbar. Und weiter? Nun legt es die Gelassenheit ab, die es gerade noch hatte, und wird unternehmungslustig. Gerade eben schien es sich einfach nur gern dem Blick dargeboten zu haben, nun meint man, es würde ihn suchen, ihn einfordern, einen Anspruch auf den Blick geltend machen. »Sieh doch«, sagt es, »sieh doch, was ich kann!« Und es hat Recht, denn es gefällt mir ja gerade so sehr, wenn es sich entschlossen zeigt. Es spannt sich entschieden, ich sehe schwellende Adern und habe Lust, ihnen mit dem Finger oder mit der Zungenspitze zu folgen. Nun schickt es sich an, der Schwerkraft zu trotzen; mit dem Schwung, den es dann auch noch nach oben nimmt, bezieht es klar Position, wird ganz regelmäßig, ebenmäßig, seine Haut ist wie marmoriert, und vor allen Dingen enthüllt es nach und nach seinen kostbarsten, zauberhaftesten Schmuck: seine Eichel – prall und rund, nackter noch als das Glied –, diese Eichel, die sich schließlich aus ihrer Hülle befreit, energisch rot leuchtend und so empfindlich, weil die Haut, die sie bedeckt, so fein ist. Es fällt mir schwer, dieses wundervolle Ding zu betrachten, ohne der Lust nachzugeben, sie in den Mund zu nehmen, zu spüren, wie sie dick über meine Lippen und meine Wangenhöhlen gleitet. Es ist eine Heldentat, dass ich meinen Geliebten nicht gleich bitte, sie in meine Vagina einzuführen, denn ich spüre, dass sie heiß darauf brennt mitzuspielen.

Aber ich werde es hinauszögern, ich möchte diesen raffinierten Penis noch eine Weile ansehen. Ich brauche das, um ihn kennenzulernen, um wirklich seine Bekanntschaft zu machen. Ihn in mir zu spüren ist wundervoll, aber dabei würde ich ihn benützen, würde ihn schon dazu gebrauchen, zu einem Orgasmus zu kommen, würde mich fast gar von ihm abwenden. Wenn ich ihn aber ansehe, betrachte ich ihn als ein eigenständiges Wesen, preise stumm seinen Wert, zeige ihm all meinen Respekt, all meine Bewunderung und auch all meine Dankbarkeit. »Warte noch ein Weilchen, Vagina, zügle deinen Appetit noch, ich spüre ja, dass du es eilig hast, aber gib mir doch noch ein wenig Spielraum. Auch du, mein Mund, sollst deinen Auftritt noch ein wenig aufschieben. Ich möchte meinen Geliebten weiter betrachten, seinen Schwanz, seine Eier, zusammen mit dem Kranz aus struppigen Haaren, die über dem Ganzen einen verschwommenen Schatten bilden. Ich möchte noch in dieser Blickentfernung bleiben, die perfekt ist für die genaue Betrachtung, die genaue Erkundung.« Ich möchte noch in der Selbstlosigkeit verharren, die das Sehen wie kein anderer Sinn schafft. Ich ziehe das Schauspiel hinaus. Ich hefte meine Augen wieder auf die Linie des Penis, auf seine Robustheit, ich wandere über seine Form, noch einmal schweife ich über seine glatte Hülle, den feinen Faltenwurf der zurückgeschobenen Vorhaut, ich sehe, dass die Schwellung weitergeht und er größer geworden ist als vorhin, sehe, dass die Hoden sich zusammengezogen haben, während das Glied sich aufgerichtet hat. Welch eine Harmonie, ein wahrer Synchrontanz! »Warum trödelst du so?«, empört sich meine Vagina. »Ich bin jetzt dran!«, sagt mein Mund. »Hier ist ja gar nichts los! Wir könnten ihn reiben«, fügt meine Hand hinzu. »Wartet noch ein Weilchen«, bitten die Augen, nicht herrisch, aber doch wissend, dass sie ein Recht darauf haben und dass sie ihre Wirkung nicht verfehlen. »Wartet noch; ihr schenkt dem Geliebten durch nichts zu ersetzende

Sinnenfreuden, wie nur ihr es versteht; ihr bringt ihn oft auf die Höhepunkte der Lust, ja – aber einzig wir, die Augen, können ihm eine wichtige Nachricht übermitteln: wie schön er ist, wie kostbar, wie sehr er einer Frau einen erfüllenden Anblick bietet. Nur wir können ihn mit Fug und Recht preisen: Du bist ein Mann, ein sehr schöner Mann, du verzauberst durch deinen Körper, durch deine Gestalt und deine Erscheinung, weil du dieses Geschlecht hast, das so voller Anmut ist. Ohne uns macht ihr ihn nur zu einem Werkzeug, mit uns verleiht ihr ihm sein Wesen, seinen Sinn und zollt ihm die Achtung, die er verdient. Verbünden wir uns also, und lasst uns dabei oft verweilen und uns vor ihm in Bewunderung ergehen.«

Was bedeutet »gefallen«?

Er gefällt mir. Sein Körper gefällt mir. Sein Geschlecht gefällt mir.

Ich würde gern zum Ausdruck bringen, was das bedeutet: gefallen. Ich spüre genau, dass es Magie ist, Harmonie ist. Ein Empfangen. Eine Verheißung von Spannung und Entspannung zugleich. Beides. Du gefällst mir: Du kannst zu mir kommen, wie du bist, ohne jede Furcht; wenn ich dich sehe, ist das für mich wie eine köstliche Liebkosung, die mein Körperinneres zur Gänze füllt.

Erleben, dass man gefällt: Ich gefalle Herrn A. Das weiß ich. Ich spüre es sofort. Jedes Mal wenn wir uns – immer zufällig – auf der Straße begegnen, lächelt er mich an, er wendet mir seinen Blick, seine ganze Person zu. Man könnte fast meinen, er hätte auf mich gewartet. Er fragt, was es Neues gebe. Immer fällt ihm etwas zu sagen ein. Es geht nie über eine Plauderei hinaus, aber ich weiß, dass ich es ihm angetan habe, dass ich eine Gestalt bin, die ihn nicht bedroht, eine Gestalt, die seinem Blick angenehm ist und seinem Wunsch entgegenkommt, mit einer Frau zu verkehren. Ich gefalle ihm. Er sagt nie etwas Aufdringliches, er wird nie lästig, aber an der Art und Weise, wie er mich anspricht, spüre ich immer gleich, dass er mir wohlgesinnt ist. Wenn ich wollte, könnte ich mich in seiner Gastlichkeit entfalten, mich ihm bekannt machen, mich ausruhen.

Ich möchte dem Mann, den ich liebe, zeigen, dass er mir mit seinem ganzen Körper und vor allem mit seinem Geschlecht gefällt. In seinem Geschlecht konzentriert sich alles, es ist seine Essenz, das Herz. Du gefällst mir: Stelle dich meinem Blick, und du wirst dich dort wohlfühlen. Ich baue dir einen Schrein, in dem du deine Bedeutung vollständig zur Geltung bringen kannst.

Du gefällst mir: Stelle dich meinem Blick. Und dein Geschlecht ist mir höchst willkommen.

Wenn wir verliebt sind, verbringen wir sehr viel Zeit damit, denjenigen Menschen, den wir lieben, zu betrachten, wir würden ihn am liebsten mit den Augen verschlingen und ihn auf unsere Netzhaut brennen. Sein Gesicht wird für uns zu einer Welt, deren Mimik, deren kleinste Details wir genau studieren. Wir können darin seine ganze Schönheit sehen, so hellsichtig werden wir und so frei in dem, was uns gefällt. Wir haben den Mut, unsere Augen in die Augen unseres Geliebten zu bohren, während er auch uns ansieht, und diese Gegenseitigkeit lässt uns schweben. Und wir haben auch den gleichen rühmlichen Mut, sein Geschlecht anzusehen.

Agnès Varda hat diesen stummen Liebesbeweis verfilmt. In ihrem Film *Jacquot,* den sie ihrem Mann Jacques Demy gewidmet hat, folgt sie mit der Kamera seinem Körper aus nächster Nähe. Sie hat ihn am Strand liegend gefilmt, man sieht in Nahaufnahmen seine altersfleckige Haut, seine Hände, sein Gesicht, in das sein Lächeln über und über eine Geschichte geschrieben hat. Durch diese Bilder zeigt sie genau diesen Blick einer Liebenden. In einem anderen Film, *Documenteur*, auch ein Film über die Liebe, erzählt sie den ersten Abend, den eine Frau allein verbringt, nachdem sie sich gerade von ihrem Geliebten getrennt hat. In einer langen Einstellung sehen wir das Bild des Mannes, das sich in die Erinnerung der weiblichen Darstellerin eingebrannt hat und von dem sie weiterhin träumt: Er liegt nackt auf einem Bett, und die Kamera fährt ganz langsam über seinen Körper.

Raphaël (2) mit den Augen verschlingen.

Manchmal sagt Raphaël zu mir – meistens am Telefon, denn wir sind sehr oft getrennt: »Ich möchte dich sehen.« Er spricht das E dieses Wortes so offen und betont aus, als wolle er damit sagen, wie sehr ihn das Sehen – also meinen Schoß sehen, wenn ich den Rock raffe oder wenn ich auf dem Bett die Beine spreize – anregt, erregt und erfüllt, wie sehr er sich wie eine unerschöpfliche Quelle fühlt, wenn er diesen Schoß ansieht und bewundert. Er findet ihn »entzückend« und betrachtet gern genauestens seine Spalten. Abgesehen von einer Wiese voller leuchtend bunter Blumen gebe es keinen erfüllenderen Anblick, behauptet er. Ich bin seine Schülerin im Fach Sehen: sehen, schauen, betrachten, beobachten, untersuchen. Das REcht haben, das GeschlEcht ohne Beschränkungen, ohne Nervosität, ohne Scham, ohne Grenzen, ohne Angst, ohne Sorge, ja, es vor allem ohne Sorge zu sEhen. Das Geschlecht ist bejaht, es ist anerkannt, es kann besungen werden, es ist ein wahres Kunstwerk, ein echtes Meisterwerk. Dann ist es kein Werkzeug mehr, sondern die Vollendung. Alles Weitere ergibt sich daraus. Die Liebkosung mit dem Mund folgt der Betrachtung, sie drängt und drückt, aber wenn sie dem Blick folgt, wird sie zu einem anderen Mittel der Erkundung, das auch seine Präzision und auch seine Vorteile hat. Unter der Zunge und in den Wangenhöhlen spürt man die Spannung eines steifen Glieds sehr gut, man spürt die gleitende Vorhaut vor- und zurückwandern, die wunderbare Zartheit der Eichel, die zwar robust ist, aber von einer so zarten Haut bedeckt ist, dass sie einem mit bloßem Auge transparent erscheint. Wenn man es schafft, den Penis in seiner ganzen Länge in den Mund zu nehmen, spürt man das beeindruckende Ausmaß dieses Gliedes, und wenn die Kiefermuskeln müde werden, wird man sich seines Umfangs richtig bewusst. Die Lust, die mir die Fellatio schenkt, betört mich und freut mich, weil ich mich so geschickt, so mächtig und großmütig fühle. Aber zuerst muss ich sehen, sehen und betrachten, und in meiner Verzauberung sagen können: Du bist schön, du bist herrlich, du bist wundervoll.

Und wir Frauen kennen das ja gut; mit unseren leichten oder eng anliegenden Kleidern wollen wir die Blicke der Männer auf uns ziehen und aalen uns darin wie in einem warmen, wunderschön eingerichteten und Geborgenheit schenkenden Zimmer. Warum sonst gibt es diese atemberaubenden Dekolletés, Röcke, die mit den Jahren immer kürzer wurden, T-Shirts, die mit jedem Sommer durchsichtiger werden und unter denen sich die Figur so deutlich abzeichnet, als wäre der Stoff nass, warum werden BH-Träger nicht mehr versteckt, sondern sind Schmuck für die Schulter geworden? Weil es tief in uns verankert ist, angesehen zu werden, weil es uns Selbstwertgefühl und Lebenswert schenkt. Wenn wir für jemanden ein schöner, erhebender Anblick sein können, dann sind wir das auch. Ich werde angesehen, also bin ich. Natürlich nur, wenn man seinen Betrachter frei wählen kann, denn der Blick ist so stark, dass er einen Menschen vergewaltigen kann, wenn er obszön, aufdringlich, anzüglich und entwürdigend ist. Also: nur bei freier Wahl und deutlicher Erlaubnis – und wenn das Vorzeigen nicht erzwungen ist. Die Dekolletés der Frauen können in dieser Hinsicht wie ein Zwang zum Hinsehen wirken. Ich würde wahrscheinlich nicht wollen, dass alle schönen jungen Männer mit nacktem Oberkörper durch die Stadt laufen, ich möchte, dass mein Blick die Wahl hat, und ich zeige mich auch nur in einer intimen Situation. Ich glaube, ich würde nie in ein Nudistencamp gehen, es sei denn, um ein Mal diese Erfahrung zu machen. Ich möchte auch nicht, dass mir an jeder Straßenecke die männliche Schönheit ins Auge springt. Ich stelle mir gern etwas vor, ich drehe gern im Geheimen meine Filme. Mir ist der zarte Hauch dessen, was man erahnen kann, lieber als die Zurschaustellung von allem, was sich einem aufdrängt.

Sie zeigen nicht, dass sie sich zeigen.

Im Park sehe ich Jugendlichen beim Fußballspielen zu. Einer spielt mit nacktem Oberkörper, die Unterhose steht weit über den Bund seiner Hose hinaus, die ihm fast von den Hüften rutscht. Die Mädchen sitzen am Spielfeldrand. In dieser Situation spüre ich die große Lust der jungen Leute, sich zu zeigen. »Sieh her!«, vermitteln die Jungen. »Ich bin schön. Sieh mich an. Ich gefalle dir, oder? Ich tue so, als würde ich mich nicht zeigen, und du tust so, als würdest du mich nicht ansehen. Als hätte ich mich wegen der Hitze ausziehen müssen, muss ich nun halbnackt herumlaufen.

Sich anzuziehen ist in gewisser Weise eine Absurdität. Eine Last, eine Geschmacksverirrung, eine Dummheit der Kultur, die einen in seiner Freiheit behindert und die Verschiedenartigkeit der Körper kaschiert, weil sie deren Gleichförmigkeit bevorzugt. Andererseits schenkt die Kleidung einem die wunderbare Freude, sich vor einer Person, die man gewählt und zu der man Vertrauen hat, auszuziehen und ihr damit eines der schönsten Geschenke zu machen, die man sich nur vorstellen kann. Also? Alles in allem ist Kleidung besser, auch wenn sie befremdlich sein kann und auch wenn es dabei um Konsum und Mode geht, aber auch um die Passform sowie um die Ästhetik der Farben und Stoffe, und sie ermöglicht diese geniale Dialektik eines Körpers, der sich verhüllt und enthüllt. Und dann gibt es eben genau festgelegte Orte, wo sich alle ausziehen: Strände, Dampfbäder, Umkleidekabinen.

Ein Fußballspiel zwischen halbnackten Jugendlichen:

»Ich sehe dich, ich weiß, dass du einen nackten Oberkörper hast«, vermitteln die Mädchen, »das macht mich an, aber ich sehe nicht direkt hin, ich lasse meinen Blick schweifen und äußere mich nicht dazu. Ich spreche nicht aus, wie sehr es mich verstört, so viel von deiner Haut zu sehen, die feinen Muskeln eines Jungen, der sich müht, den Ball zu beherrschen.«

»Ich weiß, dass du mich ansiehst«, antworten die Jungen. »Ich möchte dir zeigen, wie schön ich mich fühle, wie ansehnlich, und wie sehr ich mich als Junge fühle. Aber das traue ich mich nur wegen des Spiels und nur für das Spiel. Sie nähern sich einander auf Umwegen, und das finden beide toll. Erst der Kick, dann der Fick. Der Junge ist halb nackt, aber die Bewegung des Fußballspielens kleidet ihn und verleiht ihm Anstand. Mit welcher Freude er rennt! Und was für ein Glück zu wissen, dass er sich eines Tages, in einem gut verschlossenen Zimmer, einem der Mädchen zeigen wird. Und das Mädchen wird ihn dann ohne Umschweife ansehen.

Sie bereiten sich darauf vor, sie trainieren das Sehen in der Öffentlichkeit.

Raphaël (3), er spielt und denkt nach.

Eines Tages lässt Raphaël seiner Phantasie freien Lauf und beginnt ein Spiel. Er sei vierzehn, sagt er, ich zwölf. Ich wandere allein durchs Valgaudemar in den Seealpen; dort habe ich tatsächlich als Kind meine Ferien verbracht, und dort bin ich auch tatsächlich allein herumspaziert. Raphaël weiß das. Wir begegnen uns auf einem Wanderweg, dann setzen wir uns, und Raphaël beginnt mit dem Doktorspiel. »Du bist krank«, sagt er, »ich muss dich untersuchen. Du musst den Rock heben, damit ich dich ansehen kann.« Ich tue es. Er zieht meine Unterhose herunter und betrachtet mich eingehend. »Aber du bist ja gar nicht krank! Alles ist bestens, du bist bei sehr guter Gesundheit. Und ausgesprochen hübsch!« Ich bin sehr stolz und fasse Mut – wir sind immer noch im Valgaudemar: »Aber vielleicht bist du ja auch krank. Zieh dich aus, und ich sage dir, was du tun musst, um wieder gesund zu werden.« Er zeigt sich mir, ein wenig unsicher und schüchtern. Er zieht seine Shorts herunter und auch seine Unterhose. Ich mache das Gleiche wie er, ich rufe aus: »Ach, dir geht es gut, du bist kerngesund. Ich freue mich für dich! Warte, ich untersuche dich noch einmal genauer.« Ich hebe seinen Penis ein wenig an, um seine Hoden besser zu sehen, aber ich entdecke nichts Auffälliges, nichts Abnormales, alles ist gut. »Und wenn man uns nun hier sieht…« – »Ja, man wird uns stören«, sage ich, »aber ich weiß nicht, was an unserem Tun schlimm sein sollte. Mir ist aufgefallen, dass die Erwachsenen manches schlecht finden, das mir sehr gut erscheint, außerdem machen sie es selbst heimlich, dessen bin ich sicher. Ach, ich weiß auch nicht… Jedenfalls macht es mich glücklich, dich anzusehen.« – »Mich auch, auch ich freue mich darüber. Und ich würde es gern noch einmal machen. Können wir uns wiedersehen?« – »Morgen?« – »Hm, nein, morgen hat meine kleine Schwester Geburtstag. Aber übermorgen kann ich, wenn du willst.« – »Ja, gern.«

Raphaël kehrt abrupt aus dem Valgaudemar zurück und sagt plötzlich: »Toll, dieses Doktorspiel! Ich begreife es erst jetzt richtig! Kinder wissen ganz einfach, dass es guttut, angesehen zu werden, dort betrachtet zu werden, wo sich Jungen und Mädchen unterscheiden! Dieser Blick heilt, ja vielmehr als das: Er macht einen gesund.«

Betrachtet und beachtet zu werden, bewundert zu werden, formt das Wesen und die Selbstsicherheit. Und so erklimmt man in der Liebe, im Akt des Sehens und Zeigens, eine weitere Stufe. In seinem Geschlecht wahrgenommen zu werden schafft ein metaphysisches Fundament. Das menschliche Wesen ist geschlechtlich, und zwar nicht am Rande seiner Selbst, sondern in seinem tiefsten Inneren. Aus dieser Gewissheit seiner Existenz als ein durch und durch geschlechtliches Wesen erreicht der Mensch allmählich die Stufe allumfassenden Wissens. Nur so und nicht anders lässt er diese Polarität hinter sich und bewegt sich auf eine noch vollständigere Verbindung mit anderen Menschen zu.

Das Geschlecht (4).
Gibt es ein hässliches Glied?

Vor einigen Jahren hatte ich einen Geliebten, dessen Geschlecht, wenn es stand, so groß war, dass ich verblüfft, übermannt, fast wie gelähmt war, als würde diese Erektion meinen Körper spannen, je mehr sie meinen Schoß weitete. Ich weinte, wenn ich es so sah, ich hielt mir die Augen zu, so sehr blendete mich dieses Glied wie die Sonne im Zenit, in die man nicht mit bloßem Auge blicken kann. Leider war ich nicht lange genug mit diesem Mann zusammen, um mich an diesen imposanten Anblick zu gewöhnen.

Dennoch kann ich mir nicht vorstellen, dass das Glied eines Mannes jemals missgebildet sein kann. Ich kann mir nicht vorstellen, dass es etwas gibt, was verhindern könnte, dass ich es bewundere, sobald sein Besitzer die Lust und das Vertrauen hat, es mir zu zeigen. Ich spüre, dass mich nichts enttäuschen könnte, nicht die Größe, die ja nur ein Faktor unter anderen ist, nicht der Winkel, den es zum Bauch bildet, nicht die Veränderung der Hoden, die Rundung und Gestalt der Eichel, auch nicht seine allgemeine Form oder die Struktur seiner Haut. Ich weiß wirklich nicht, was mir hässlich vorkommen könnte, wenn die Beziehung zu dem Mann, der mir sein Glied zeigt, interessant und glücklich ist. Vielleicht könnten mir einige körperliche Vorgänge launenhaft erscheinen und mich am Ende ungeduldig werden lassen. Das ja, aber dennoch gibt es viele Möglichkeiten, mit unvermuteten Verzögerungen umzugehen (das Glied hat ja mehr als nur einen Trumpf im Ärmel). Manche könnten vielleicht auch zu unsauber sein … Ich denke, das könnte mich abstoßen. Aber vor allen Dingen stelle ich mir vor, dass ich am Geschlecht eines neuen Mannes Einzigartiges, Ureigenes, Überraschendes, völlig Neues entdecke. Darum hoffe ich auch, dass ich in meinem Leben als Frau noch oft Gelegenheit haben werde, mit den Augen und auch in der Tiefe meiner Vagina den einen oder anderen Mann kennenzulernen.

Das Glied: Wenn es steif ist, ist es verblüffend; wenn es schlaff ist, ist es reizend. Friedlich. Kurzum: immer spannend.

Das Geschlecht (5), repräsentativ, suggestiv.

Das Glied: Ich begegne ihm auch als einem Symbol und nicht nur als einer Tatsache. Ein Symbol der Opfergabe, der Verbindung, wie eine ausgestreckte Hand, Symbol auch der Bewegung hin zu größter Nähe. Es steht für die Möglichkeit der Menschen, so tief wie möglich intim miteinander zu verkehren. Es ist Träger und Pfleger der Hoffnung, dass das Schicksal der Einsamkeit überwunden werden kann. Es ist so schmerzhaft, allein in seinem Körper zu sein, auf ewig von anderen abgeschnitten! Solange das Glied einen anderen Körper besucht, ist es heilend, und das unverhofft! Wenn das Glied hart wird, ist es auch ein Symbol für eine innere Achse, um die herum ich liebend gern gebaut wäre, ein Symbol für eine Komplexität, nach der ich mich so sehne.

Manchmal stelle ich es mir vor wie einen Übergang von einem Zustand in einen anderen, einen Gegenstand zum Schmusen – ich lutsche einen zarten Penis, wie ich früher am Daumen gelutscht habe. Um mich zu beruhigen. Um Kräfte zu sammeln. Und um dann der Welt wieder gekräftigt gegenübertreten zu können.

Raphaël (4), zeig's mir noch mal!

In einem schönen Hotel in Brüssel bitte ich Raphaël, der bereits nackt ist, noch einmal seine Hose anzuziehen und sein Glied aus dem Hosenschlitz hängen zu lassen. Ich bin noch vollständig angekleidet, um die Rolle der strengen Beobachterin einzunehmen. Ich sitze in einem Sessel und sehe ihn an. Er geht ruhig durchs Zimmer und hält sein Glied, das halb steif ist. Ich bitte ihn, auch die Hoden zu zeigen, weil das Glied allein nicht das vollständige Geschlecht ist, sondern verstümmelt. Ich möchte immer auch an die Hoden denken, alles andere wäre ungerecht, sie spielen in dieser Landschaft eine wesentliche Rolle.

Ich schaue und schaue. Ich habe das Gefühl, dieses Geschlecht in großen Happen mit den Augen zu verschlingen. Ich spüre, wie meine Augen sich in meinem Gesicht weiten, wie meine Beine und mein Oberkörper sich entspannen. Ich spüre, dass mein Atem tiefer wird, als würde die Lunge meinen ganzen Körper ausfüllen und die Luft mich überall durchströmen. Ein ungeheueres Wohlbefinden überkommt mich. Als würde mein ganzes Körperinneres durch diesen so intimen, so zärtlichen Anblick liebkost werden. Ich schwebe. Ich träume. Ich bin im Himmel. Ich verstehe nicht, wieso sich eine derartige Ruhe in mir ausbreitet, ich versuche auch gar nicht, es zu verstehen.

Raphaël fragt mich, wie ich mich fühle, und ich schildere ihm diesen Zustand tiefster Entspannung. »Ja, auch in mir setzt es etwas frei«, sagt er. Dieser Satz trifft ins Schwarze. Genau das fühle ich auch: eine Freiheit, eine Erkenntnis, eine Lebensfreude, die zu lange unterdrückt und noch nicht ausreichend ausgekostet wurde. Und diesen Genuss, das wohlgeformte Glied zu betrachten. Dadurch kommt es zur Geltung, dadurch wird es räumlich freigestellt. Es ist faszinierend. Und all das an einem Körper, der sich ruhig bewegt, als gäbe es nichts Natürlicheres, als sein Geschlecht zu zeigen, während man nebenher etwas anderes tut.

Nach dieser Erfahrung sinniert Raphaël darüber nach: »Eigentlich machen Exhibitionisten doch nur das, was du von allen Männern möchtest, dass sie es für dich tun!« Das ärgert mich, ich bin beleidigt, möchte mich wehren. Ich bin verletzt, fühle mich erniedrigt. Entweder habe ich noch nicht den nötigen Grad an Freiheit erreicht, um nicht vom leisesten Verdacht einer voyeuristischen Neigung verletzt zu werden (die meiste Zeit versuche ich, den Schraubstock der gesellschaftlichen Normen und Konventionen zu lockern, doch ich brauche eine Menge Zeit, um mich wirklich davon zu befreien), oder Raphaël trifft dieses Mal eben den Nagel nicht auf den Kopf. Ich weiß nicht, welches von beidem zutrifft. Jedenfalls reagiere ich heftig. Ich habe keine Lust, das Geschlecht eines jeden Mannes zu sehen, ganz bestimmt nicht! Ich habe keine Lust darauf, dass alle Männer auf der Straße ihren Hosenladen öffnen und mir ihr Intimstes zeigen. Oft denke ich, dieser oder jener Mann hat ein Glied in der Hose wie Raphaël, aber ich denke ja nicht die ganze Zeit daran. Für mich ist es befreiend, mit einem Mann meiner Wahl, der mit mir eine Welt der Freiheit aufbauen möchte (wo wir genau das machen können, was uns beiden gefällt, ohne uns nach Regeln richten zu müssen, die uns von außen auferlegt wurden), nach Herzenslust das betrachten zu können, was ihn mehr als alles andere zum Mann macht. Ich bedanke mich bei Raphaël: »Du schenkst mir Freiheit in einem sorgfältig gewählten Rahmen, und mir gefällt die Präzision des Rahmens, den wir zusammen aufstellen. Und du schenkst mir Freude, weil du es gern tust, aber auch durch die Lust, die du daraus ziehst, und durch die Natürlichkeit, mit der du auf meine Bitte reagierst, du tust es, ohne dich zu zieren, ohne dass du dich lange bitten lässt. Auch deine Freiheit erfüllt mich.« Als ich ihm diesen Dank ausspreche, bestätigt Raphaël, dass er Lust hat, und dankt wiederum mir: »Weißt du, Florence, Chérie, wenn du so mit mir spielen willst, stelle ich fest, wie sehr ich mir ebendies immer gewünscht habe, ohne es zu wissen.« Das Leben hält wunderbare Zufälle parat.

Vor Jahren bin ich einem Mann begegnet, einem großen Erotomanen, der mir von einem Sex-Shop erzählt hat, ich glaube, er hieß »Ziegenauge«. Er sagte nicht eindeutig, dass er dort gewesen war, aber er schien sich in dieser Lokalität auszukennen. Dort gebe es eine Reihe von zweigeteilten Kabinen, zwischen denen jeweils ein Loch in der Wand war, durch das der Mann sein Glied stecken konnte. Auf der anderen Seite konnte jemand mit diesem Glied machen, was er wollte. Aha. Dieser Inszenierung stand ich skeptisch gegenüber, ich fand allein schon die Vorstellung abstoßend und verwirrend. Meine Fantasien verschwammen. Mit so einer Gekünsteltheit und so einer Abkapselung löst sich für mich der Sinn des Ganzen auf. Genauso irritieren mich Pornofilme, ich finde sie unnötig roh, weil sie seicht sind. Sie ekeln mich an und langweilen mich. Ich gestehe zu, dass sie das Verdienst haben, Sexualität zu zeigen, eine tolle Sache, aber man sieht nicht genug, weil die Sinnlichkeit immer verborgen bleibt, und die ist für mich wesentlich. Pornos finde ich erstaunlich, weil sie am meisten zeigen und zugleich am meisten verhüllen. Ich weiß, dass meine Einstellung zum Teil daher rührt, dass mich diese Bilder einschüchtern und dass in meinem Kopf plötzlich das wiedererwacht, was ich als Kind empfunden habe, diese Mischung aus Angst und Ekel vor dem Sexuellen. Auf diesem Gebiet kann ich also nicht genau beurteilen, ob es Verzagtheit ist, die mich überkommt, oder echtes Desinteresse. Und wahrscheinlich kann ich mich nicht mal zwischen zwei Möglichkeiten entscheiden: Mal ist das Gefühl des Verliebtseins und der Intimität für mich ein Rahmen, der mir vor allem Sicherheit gibt und mir erlaubt, mich gehen zu lassen und Bedürfnisse zu befriedigen, die ich mir in Wirklichkeit nicht vollständig zugestehe; mal verliert die Sexualität außerhalb dieses menschlichen, zärtlichen, konstruktiven Beziehungsrahmens für mich ganz einfach ihren Sinn. Ich neige dazu, mich der zweiten Hypothese anzuschließen.

Nackte falsche Götter,
nackte echte Männer.

Das gleiche Gefühl von Verängstigung und aussetzendem Urteilsvermögen habe ich bei erotischen Kalendern für Damen (oder Schwule) mit vielen Fotos von Männern, die immer aussehen wie Rugbyspieler. Sie regen mich nicht an, sie können mich auch nicht erregen, weil diese Körper so unnatürlich sind, so monumental, so skulpiert. Diese Abbilder vermitteln mir wieder den früheren Eindruck von Männerkörpern als etwas Unzugänglichem, Massivem, Schwerem, zu prall Gefülltem. Ich stelle mir vor, dass in diesen Körpern nichts fließt, alles ist blockiert. Sicherlich sind sie schön, außergewöhnlich muskulös und kraftvoll, aber sie verhindern jeden Gedanken daran, sich mit ihnen auszutauschen, mit ihnen zu bewegen, sie zu liebkosen. Sie sind so präsent und so perfekt, dass man in diesen Körpern den Menschen nicht mehr sieht. Oder vielleicht bilde ich mir einfach auch nur ein, dass kein Mann von einer solchen Schönheit meinen kleinen, zierlichen Körper begehren würde, und ich sehe nicht ein, wieso ich es mir antun sollte, ihn zu betrachten, wo ich doch sowieso nie Gelegenheit haben werde, seine Arme und seine Liebkosungen zu genießen. Auch das kann der Grund für meine Aversion sein.

Überdies ist mir aufgefallen, dass man auf den Fotos das Geschlecht nicht sieht, und dieses Versäumnis ist für mich ein Grund mehr, diese Körper abstrakt zu finden. Diese knapp vor dem Unterleib abgeschnittenen Fotos finde ich fast obszön – warum zeigt man denn nicht auch das Geschlecht wie bei den griechischen Skulpturen? Bei Filmen ist es übrigens auch so. Selten sieht man einen Mann ganz nackt, immer werden Einstellungen gewählt, die ihn verstümmeln. Zum Beispiel in der jüngsten Verfilmung von *Lady Chatterly:* Pascale Ferran zeigt zwar ausführlich die Erforschung der nackten Körper durch die Liebenden, aber man sieht nur eine Aufnahme des männlichen Geschlechts, wenn die weibliche Hauptdarstellerin darüber spricht (um ihre Überraschung und ihr zärtliches Gefühl für ein Glied auszudrücken, das sich von einem »wahren Ast« am Ende in eine »kleine Knospe« zurückverwandelt); alles ist jedoch so flüchtig, dass man den Eindruck hat, man würde durch ein Schlüsselloch blicken, und das wirkt nicht natürlich genug. Man hat das Gefühl, Zeuge eines Zugeständnisses zu werden, um das man nicht herumkommt, und nicht Zeuge einer wahren, akzeptierten und glückbringenden Freiheit. Ein anderer Film, der von und mit jungen Leuten gedreht wurde, *Dans Paris [»Mitten in Paris«]* von Christoph Honoré, erscheint mir in dieser Hinsicht sehr viel klarer; er verweist darauf, dass Nacktheit einfach und leicht ist. Die Hauptdarsteller sind oft nackt, und sie sind es auf eine ganz alltägliche Weise – sie schlafen nackt, sie baden; die Kamera zeigt die Geschlechtsorgane zwar nicht explizit, aber sie versucht auch nicht, sie zu verbergen. Die Schauspieler sind in bestimmten Situationen auf der Leinwand nackt, weil auch die Menschen in diesen Situationen normalerweise nackt sind. Genau aus diesem Grund – weil die Nacktheit nicht unbedingt wichtig ist und man auch darauf hätte verzichten können, sie in dieser Ausführlichkeit zu filmen –, genau deshalb scheint dieser Film zu bestätigen, dass männliche Nacktheit endlich möglich, normal und unbelastet ist. Es gibt keinen Grund, eine große Geschichte daraus zu machen, wenn man das Geschlecht der Männer zeigt, man macht im Gegenteil eine große Sache daraus, wenn man diese Bilder immer nur verstohlen zeigt.

Man kann nun sagen, dass es nichts Besonderes mehr sei, das Geschlecht zu sehen, wenn es überall gezeigt wird. Darauf erwidere ich: Kunstwerke können nicht als eine alltägliche Situation betrachtet werden, sie lassen sich nicht auf alles übertragen. Sie sind und bleiben etwas Eigenes. Selbstverständliche Nacktheit im Film (nicht in der Werbung, die immer eine gewollte, verführerische Ästhetisierung der Dinge betreibt), im Ballett, im Theater kann die Kultur einer Epoche tiefgreifend verändern. Die schlichte, natürliche Nacktheit würde uns das männliche Geschlecht vertrauter machen, würde unsere Bewunderung aber nicht verringern. Nicht Schlichtheit führt zu einer Reduktion, sondern Obszönität.

Ich mag schöne Schwimmer.

Die Muskelmänner auf den Kalenderblättern machen mich also nicht besonders an, aber wenn sie im Schwimmbad – ein bisschen weniger voluminös, ein bisschen weniger eingeölt – in Bewegung sind, verwirren sie mich. Ich gehe oft ins Schwimmbad, um Kraul zu trainieren, ich bin seit einigen Jahren leidenschaftliche Schwimmerin und trainiere nur für mich selbst die verschiedenen Stile. Ich verbringe im Schwimmbad spannende Stunden in der Hoffnung, meine kläglichen Zeiten zu verbessern, meine begrenzte Kondition zu steigern und mehr Genauigkeit und Effizienz in meinen Bewegungen zu erlangen. Lust auf Sport bekam ich mit sechsunddreißig, in der Zeit, die ich oben angesprochen habe – als ich wieder anfing, allein auszugehen und Männer mit Lust zu beobachten. Ich habe mich fürs Schwimmen entschieden – ein Sport, bei dem der ganze Körper symmetrisch in Bewegung ist und den man allein und ohne umständliche Planung ausüben kann. Doch damals war mir nicht bewusst, dass man dabei auch am spärlichsten bekleidet ist. Und nun genieße ich im Schwimmbad den Anblick von Männerkörpern sehr. Ich schwelge darin, ich weide mich an ihren Bewegungen, an der Vielfalt der Staturen, an der Kraft, die sich im Wasser so selbstverständlich zeigt, an der flüssigen Bewegung ihrer Schultern, die rhythmisch die Wasseroberfläche durchbrechen. Nichts ist einfacher, nichts wirkt unter diesen Umständen diskreter, als wenn man sich an den Beckenrand setzt und den Schwimmern zusieht, so wie man Delfine beobachtet. Man erhascht die Schönheit dort, wo sie sich verschenkt, ohne sich extra zu zeigen. Man lässt den Blick, die Begierde, die Fantasie schweifen, ohne den Körper zu zerteilen, aber auch ohne sich einem muskulösen Ganzen jäh ausgeliefert zu fühlen. Und ohne dass man sich einer unsinnigen Zensur beugen muss wie bei besagten Kalendern. Die Badehose verbirgt das Geschlecht, aber sie sperrt es nicht ostentativ ein und macht es nicht unsichtbar, eher hat man fast den Eindruck, die Badehose würde das Geschlecht nur schützen und halten. Gleichzeitig betont sie es aber auch; wenn man den Blick über die Erhebungen wandern lässt, die sich darunter abzeichnen, sieht man gut, dass das eine Geschlecht darin nicht genauso liegt wie ein anderes, es hat nicht denselben Umfang und nicht dieselbe Form, auch nicht in diesem zurückgezogenen Zustand. Im Schwimmbad freue ich mich an den Bewegungen der Männer und an der Geschmeidigkeit, mit der ich ungestört über ihre Körper surfen kann.

Raphaël (5). Der Tabernakel.

Eines Tages ruft mich Raphaël aus dem Auto an, er steht mitten im Stau. Das war zu Beginn unserer Liebe. Wir sind heiß aufeinander. Er weiß, dass ich es kaum erwarten kann, ihn zu sehen, ihn, die Gespräche mit ihm, seine breiten Schultern, seinen zarten Mund, seine Brust und seine Arme, seinen Geruch zu erleben, vor allem den Duft, der sich in den Achseln konzentriert, und natürlich mehr noch als alles andere sein Geschlecht. Und weil er das Recht hat, sich stolz zu fühlen, sagt er fröhlich: »Kennst du den Ausdruck: Man trägt etwas wie einen Tabernakel? Na, seit du mir gesagt hast, dass du mich liebst, trage ich mein Geschlecht wie einen Tabernakel!« Das Allerheiligste. Genau das ist es. Wenn Gott irgendwo ist, dann ist er in erster Linie im Geschlecht der Männer! Ich besuche gern heilige Stätten. Mir gefallen die Rituale, mit denen man ihnen huldigt.

Raphaël (6), zeig's mir endlich!

Wir sind uns einig. Es ist entschieden. In der Liebe oder in der Zweisamkeit – hier sind wir! Wir sind da. Deswegen sind wir. Er zeigt mir sein Geschlecht, und ich bewundere es. Ich habe diese kleinen gewundenen Adern hier und da noch nicht ausgiebig betrachtet. Ich würde ihren Verlauf gern auswendig lernen. Na, und morgen möchte ich sehen, wie es steif wird und wieder erschlafft. Oder, nein, lieber möchte ich sehen, wie Raphaël vor mir masturbiert, damit ich den Vorgang ganz genau sehen kann, der mir entgeht, wenn das Glied in meinem Schoß verborgen ist. Ich möchte mit den Augen dem Auf- und Abstreichen folgen, das Raphaël plötzlich zum Spritzen bringt. Ich werde ihn darum bitten. Ich denke, er macht es gern. Ich habe dieses Überquellen des Saftes noch nicht ausreichend mit den Augen gewürdigt, habe immer noch ein wenig Angst vor dieser sämigen, weißen Flüssigkeit, die stoßweise herausfließt und träge aufs Laken läuft. Ich muss lernen, sie aufgeschlossener zu lieben. Wieder einmal stelle ich fest, dass ich mich leichter darauf einlassen kann, wenn sie mir in den Rachen läuft und ich sie nicht sehen muss. Wenn ich zuschaue, bekomme ich alles voll ins Gesicht, und das ist mir noch ein wenig zu heftig. Morgen werde ich es angehen. Es wird alles von selbst kommen. Bald wird es mich nicht mehr verunsichern. Bald werde ich die Poesie darin erkennen, denn er ist es, es ist sein Geschlecht, und ich möchte alle seine Möglichkeiten entdecken. Die

Tröpfchen, die zu Beginn der Erektion hervorquellen, machen mir nicht so viel aus – wenn sein Penis nach und nach seine Flügel ausbreitet, seinen Kopf hervorstreckt, und beginnt, sich aufzurichten, sich zu recken, hart zu werden und sich emporzuschwingen. Wenn aus der »Knospe« ein »Stängel« wird beziehungsweise ein Stamm, denn man spürt, wie tief er verwurzelt ist. Verwurzelt, das ist das richtige Wort. Ich stelle mir vor, wie kräftig diese Wurzeln sind, die sein Glied tief und stark mit dem Körper verbinden, ohne dass er Angst haben muss, es zu verlieren, auch wenn es sich manchmal in die Lüfte schwingt oder schwer herunterhängt. Es ist so schön. Auch die Eichel. Es ist »entzückend«. Prall, geschwollen kommt sie hervor, wenn sich die Vorhaut zurückschiebt. Er zeigt mir sein Geschlecht, und dann gibt es noch einen Nachschlag: Er zeigt mir seine Eichel. Er ist so großzügig, er hat immer noch einen weiteren geheimen Schatz. Das ist toll. Ich möchte all das sehen, immer wieder sehen und ihm sagen, wie sehr ich ihn liebe. Immer im Gedanken daran, dass ich mich satt sehen und ihm gleichzeitig mit ein paar Sätzen und mit meiner ausgedehnten Betrachtung Ehre erweisen will. Ihm Ehre erweisen.

Ihm Ehre erweisen.

Die Luft regte sich nicht. War starr. Es war eiskalt im Raum. Ich war noch ganz klein. Ich durfte mich nur so wenig wie möglich bewegen. Bewegung war die größte Gefahr. Da war so wenig Leben, dass das Ganze drohte, bei der kleinsten Veränderung einzustürzen. Ich war mitten im Raum, saß mit dem Hintern auf dem Boden, auf einem Polster von Decken. Ich hielt mich an diese Orientierungspunkte auf dem Boden, um dennoch etwas zu spüren. Irgendwo war jemand, aber er war sehr kalt und sehr steif. Trotzdem hatte ich panische Angst, dass dieser Jemand mich verlassen könnte.

Ich hatte darauf verzichtet, die Arme auszustrecken, Haut, Fleisch spüren zu wollen. Es war schon in Ordnung, Boden unter dem Hintern zu haben. War dies das Leben? Bei meiner Geburt hätte ich etwas Besseres erwartet. Ich dachte, es gäbe mehr Worte und mehr Gefühle. Auch mehr Bewegung. Aber offensichtlich war es so, wie es war. Es musste so sein. Man kann nicht direkt sagen, dass ich mich damit abgefunden hätte; mit meinen vielen Fragen war ich in der Schwebe zwischen Enttäuschung – die ich nicht ausdrücken konnte, weil ich nicht genau wusste, wovon ich enttäuscht war – und Erwartung, die ich dennoch wie eine ewige Hoffnung in der Brust trug. Trotzdem, es fehlte etwas.

Manchmal schenkte mir ein Streicheln eine vage Orientierung in meinem Verlangen – wie ein Schlüssel zur Lösung eines Rätsels. Der süße Körper des kleinen Cousins, ein gastlicher Frauenschoß. Als hätte ich früher, in einer anderen Welt vor meiner Geburt, Zärtlichkeit gesehen, so glaubte ich, in diesem Leben wiederzuerkennen, was ich erwartet hatte. Aber die Zärtlichkeit war weder so häufig noch so üppig, dass ich den Mangel der ersten Zeit damit ausgleichen konnte. Das Rätsel blieb: Woran fehlte es mir eigentlich?

Als ich groß und erwachsen wurde, suchte ich geistige Nahrung. Sie würde mich erfüllen. Ein Jahr lang aß ich kaum etwas. Ich probierte aus, wie groß meine Kraft war, dem Nichts zu widerstehen. Doch es konnte nicht ausreichen, mich an meinem eigenen Hunger zu ergötzen. Ich konnte nicht immer diese eiserne Disziplin aufbringen. Ich brauchte einen Lebensborn. Vielleicht Gott? Gott, der immer für mich da war und mich liebte. Gut. Aber es gab noch immer keine Zärtlichkeit, immer noch keine Worte, und irgendwann war ich es müde, in Ihm den Ausgleich für den Mangel zu finden, von dem ich jedoch nicht wusste, dass er an mir zehrte.

Während dieser Zeit sagt man überall hinter vorgehaltener Hand, es sei die Liebe, es seien die Männer, die eine Frau erfüllen können. Ich sehe, dass alles Tun darauf ausgerichtet ist. Die Information kursiert gleichzeitig mit den Tabus, einer Fülle von Vorsichtsmaßnahmen, stummen Befehlen in Bezug auf dieses Thema. Ich werde oft rot. Ich bin verschämt, denn die Männer verkörpern auch Abhängigkeit, Anmache, Sexualität. Dennoch hoffe ich. Die Richtung meiner Suche ist eingeschlagen. Sie scheint mir die vielversprechendste zu sein.

Ein sehr zärtlicher junger Mann sagt, ich würde ihn nie stören. Ich betrete sein Zimmer und bleibe. Als er mich aufnimmt, schlafen wir zusammen. Wir machen lange Radtouren. Wir heiraten. Ja, dieses Mal habe ich das Gefühl, dass der Mangel ausgeglichen wird. Ich komme zur Ruhe. Ja, das Warten hat sich gelohnt. Das »Du bist alles für mich« verändert mein Leben.

Ich fülle mich mit Kindern. Eines, zwei, drei, vier. Sie machen es sich in meinem Bauch bequem. Plötzlich strecken sie den Kopf heraus. Mein Körper kann sich dehnen, sie herauslassen und sich dann wieder zurückbilden. Diese Elastizität umreißt das Leben noch deutlicher. Meine Kleinen marschieren ganz natürlich darin herum, lächelnd, fordernd, plappernd. Sie trinken an meinen Brüsten, und ich fühle mich sehr geehrt. Im Überschwang saugt auch manchmal der junge Mann, der Vater geworden ist, daran, und ich bin außer mir vor Freude. Kann mein Körper all das vollbringen? Dies alles? Die Sache wird klarer, ich begreife, dass das Leben einen Menschen nicht zu einem Schicksal in Starre, Einsamkeit und Kälte verdammt.

Der junge Mann verlässt mich, aber er bleibt in der Nähe. Erst bin ich verunsichert, doch dann begeistert es mich – mit Augen und Händen, mit Beinen, die laufen, kann ich in weiterem Umkreis roden. Ein Liebhaber mit Glutaugen nimmt mich, er zeigt sich, lädt mich ein, er will mich. Von Zeit zu Zeit begleiten mich andere Männer. Auch sie wollen für einige Augenblicke ein Stück vom Kuchen meines Körpers. Und dann gibt es ja die vielen Männer, die auf der Straße herumlaufen. In Hülle und Fülle. Ich genieße sie mit dem Blick, ich verschlinge sie gierig mit den Augen, mache ihnen mit ein paar Worten fröhlich ein Kompliment.

Ich kann nicht genug bekommen von ihrem schönen Geschlecht. Die Lust, das Verlangen, die Freude reißen uns mit.

So. Mein Körper, der Körper einer Frau. Verführt und angezogen von diesen wirbelnden Strudeln. Das Leben kräftigt ihn, er wird dichter und weiter, er steigt auf und fliegt davon. Ich wohne in diesem Körper – leicht und schwer, massiv und ätherisch zugleich. Er spielt, hebt ab, vor allem wenn er sich das Geschlecht der Männer vorstellt, vor allem wenn er das Geschlecht der Männer betrachtet. Der Mangel verblasst, vergeht, verschwindet. Alles, was ich vage erwartet hatte, gibt es unter freiem Himmel: herumlaufen und schauen, mich freuen, weitergehen, kommen und gehen und auch einmal länger irgendwo verweilen. Vor, mit, für die Männer. Dank der Männer.